Ein erstes Zeichen

Dieter Köstens

Kai Schwenzfeuer

November 2024

Kontakt:
die.erzaehler23@gmail.com

Dieses Buch wurde mit recycelten
Wörtern aus alten Büchern geschrieben

© 2024 Dieter Köstens
Verlag: BoD · Books on Demand
GmbH, In de Tarpen 42,
22848 Norderstedt, bod@bod.de
Druck: Libri Plureos GmbH,
Friedensallee 273, 22763 Hamburg
ISBN: 978-3-7693-1938-5

Inhaltsverzeichnis

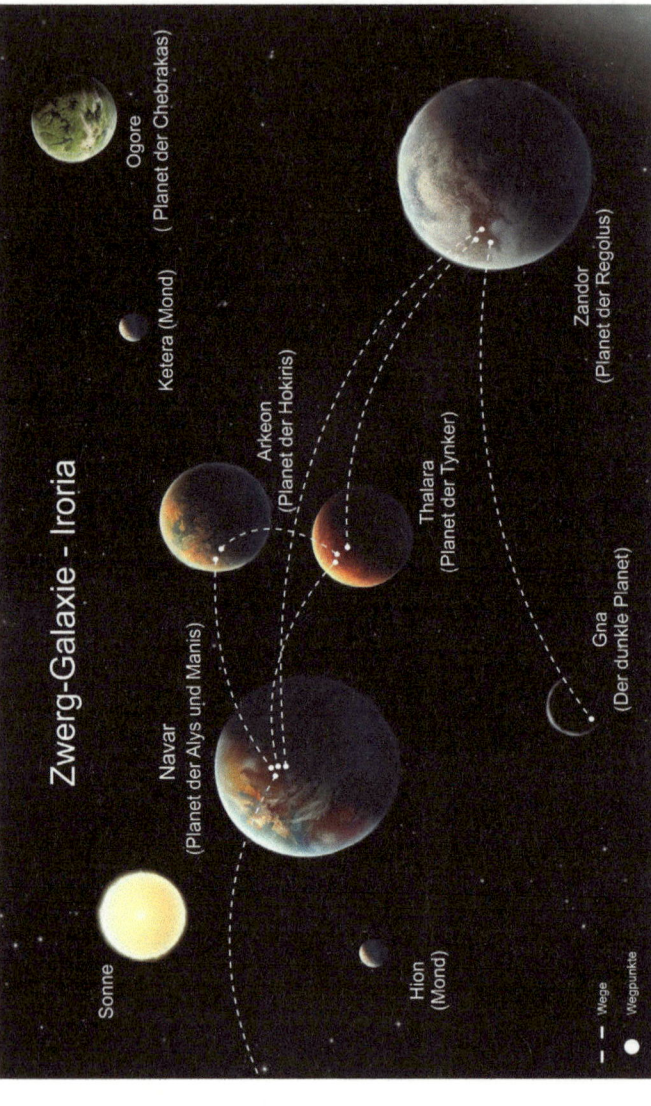

Zwerg-Galaxie - Iroria

Sonne

Ogore
(Planet der Chebrakas)

Ketera (Mond)

Arkeon
(Planet der Hokiris)

Zandor
(Planet der Regolus)

Thalara
(Planet der Tynker)

Navar
(Planet der Alys und Manis)

Gna
(Der dunkle Planet)

Hion
(Mond)

— Wege

● Wegpunkte

In Gefangenschaft

Bei der nächsten Helligkeit war es so weit, Horas Trokara stand bevor. Gor hatte es ihr immer wieder angedroht: Sobald er ihrer überdrüssig sei und kein nützliches Wissen mehr aus ihr heraus foltern kann, würde er ihr die Flügel nehmen. Ihr Volk, die Alys, sind eine alte Rasse, stolz auf ihre Traditionen und vor allem auf ihre Flugfähigkeiten. Sie sind erhabene Wesen, und einige von ihnen beherrschen die uralte Magie. Das war es wohl, was die Regolus, wie Gor, fürchteten. Sie waren in ihren Teil des Universums eingedrungen und hatten die Herrschaft an sich gerissen. Eine grausame Tat, die vielen Alys das Leben kostete. Die Alys wollten ihren Planeten, aber auch ihre Freundschaften und Beziehungen nicht aufgeben, wollten sich nicht unterwerfen oder anpassen. Das zog all die Aufmerksamkeit auf ihren Planeten Navar. Das gesamte Volk wurde unterdrückt, und wer in die Fänge der Regolus geriet, wurde eingesperrt und gefoltert, um altes Wissen der Alys zu erlangen. Die wenigen, denen die Flucht gelang, fanden Unterschlupf auf fremden Planeten und lebten verstreut im ganzen Universum. Auch Hora flüchtete auf den Planeten der Hokiris, Arkeon, um Schutz vor den Regolus zu finden. Diese versorgten sie gut, aber durch die zunehmenden Kontrollen stieg auch die Angst bei den Hokiris und was passieren würde, wenn bekannt wurde, dass sie eine Alys beherbergten. Daher beschloss Hora, um ihre Freunde nicht noch mehr in Gefahr zu bringen, Arkeon zu verlassen, und zog mit einem großen, schweren Mantel, um ihre Flügel zu verbergen, alleine weiter. Trotz ihres bedachten Vorgehens trieb sie der Leichtsinn zurück auf ihren Heimatplaneten Navar, wo sie von den Regolus gefasst wurde. Hora war klar, dass sie zu diesem Moment nicht zurück nach Navar hätte gehen dürfen. Es gab dort zu viele Regolus und Regolustreue. Aber ihr blieb keine andere Wahl. Was hätte sie sonst tun sollen, ganz alleine? Auch die anderen Planeten hätten ihr nicht genügend Schutz geboten. Ihre Hoffnung lag darin, sich in vertrauter Umgebung besser vor den Regolus verstecken zu können. Das war nun schon einige Helligkeiten her. Seitdem lebte sie in Gefangenschaft, der Orientierung an den Helligkeiten beraubt, und starrte stumm in die Dunkelheit. Ihre Gedanken kreisten um die Planeten da draußen, um sich selbst und wie es wohl weitergehen würde. Nahrung und Wasser erhielt sie nur unregelmäßig. Von Zeit zu Zeit kam einer der Regolus, holte sie ab und brachte sie in die Folterkammer. Diese war nasskalt, dunkel, und Gerüche von Erbrochenem, sowie geronnenem Blut und Angst durchtränkten den Raum. Dort wurde Hora mit eiskaltem Wasser überschüttet und nackt auf dem Steinboden zurückgelassen. Kurz darauf erschien Gor, und alles begann wieder von vorne. Immer wieder stellte er Fragen zu ihrem Volk und über die uralte Magie. Wie sie eingesetzt wird und wie viele Alys ihrer mächtig sind. Antwortete sie nicht, oder Gor gefiel ihre Antwort nicht, gab es entweder eisiges Wasser oder harte Tritte. Bald darauf hatte er sein Urteil gefällt und beschlossen, ihr die Flügel zu nehmen. Trokara, nannte man dieses grausame Ritual der Regolus, und man stellte es vor dem gesamten Volk zur Schau, damit einmal mehr klar wurde, wie groß und mächtig die Herrschaft der Regolus war.

Bündnis der Drei

In der Zwerggalaxie Iroria schlossen sich vor unzähligen Helligkeiten die Planeten Arkeon, Navar und Thalara unter der Regentschaft der Alys zu einem mächtigen Bündnis zusammen. Unter der Führung von Navar, dem Handelszentrum, das in den Galaxien für alle Völker von großer Bedeutung war, und Rana der charismatischen Herrscherin der Alys, blühte dieses Bündnis auf. Zusammen mit den Alys, einem Volk von majestätischen Flügelwesen, lebten die Mani, ein bescheidenes und strukturiertes Volk, das tief in althergebrachten Bräuchen und Ritualen verwurzelt war. Die Mani hatten in ihrer langen Geschichte nie den Planeten Navar verlassen. Arkeon, der zweite Planet im Bündnis, war eine Oase der Fruchtbarkeit, bewohnt von den Hokiri, einem Volk, das von Landwirtschaft und dessen Ernte lebte. Die Hokiri waren überall auf den Handelsplätzen von Navar anzutreffen und teilten die friedliche Lebensweise der Mani. Der letzte Planet, der das Bündnis der Drei vervollständigte, war Thalara. Ein sehr steiniger Planet auf dem die Tynker lebten, der durch die Nähe zur Helligkeit mit hohen Temperaturen auf der Oberfläche nur ein Leben in Bergen ermöglichte. Ihre Existenz war gebunden an dem Abbau von Mineralien, die sie gegen Nahrung und andere lebenserhaltende Ressourcen eintauschen konnten. So unterschiedlich die Völker auch waren funktionierte ihr Bündnis ohne Konflikte, bis eine Dunkelheit alles änderte. Die Regolus vom Planeten Zandor, ein kriegerisches und machtbesessenes Volk deren einziges Ziel es war andere Planeten einzunehmen, um die Herrschaft der Galaxie zu erlangen, überfiel in eben dieser Dunkelheit Navar. Wegpunkte dienten dazu sich innerhalb der Galaxie und auf den Planeten fortzubewegen und obwohl die verbündeten Planeten schon mit dem Beginn ihres Abkommens die Wegpunkte, die nach Zandor führten durch die Kraft uralter Magie verschlossen hielten, gelang es den Regolus mit der Hilfe einer verräterischen Alys sich Zugang zum Planeten Navar zu verschaffen. Da es wenig Gegenwehr gab, zumal sich die Mani sofort ihrem Schicksal ergaben, mussten sich die Alys dem aussichtslosen Kampf alleine und ohne Waffen stellen. Die meisten kamen dabei ums Leben und darunter auch ihre geliebte Regentin Rana, nur einigen gelang die Flucht auf andere Planeten. Die Regolus übernahmen den Planeten Navar und seine Handelsrouten und ihr Anführer Gor ernannte sich selbst zum Riag – Herrscher aller Galaxien.

Die Geschwister

Dion hatte keine Zeit zu verlieren. Der Weg zurück von seiner mühsamen Pflicht als Wiederaufbereiter zu seiner Schwester Tara führte ihn durch die engen Gassen des Regolus-Reiches. Sein Herz pochte vor Aufregung, denn er wollte rechtzeitig auf dem Markt erscheinen. Die Straßen waren gefüllt mit Mani, die wie verlorene Seelen umherirrten, auf der Suche nach einem Funken Hoffnung in dieser trostlosen Galaxie. Plötzlich durchdrang ein beißender Geruch seine Sinne – Perfuma, intensiv und unverkennbar. Nur eine Person konnte so viel Perfuma tragen, und das war Rektorin Senara, seine ehemalige Lehrende aus den Zeiten der Formung. In einer überheblichen Haltung, die ihren Status als Rektorin unterstrich, stellte sie sich vor Dion. Ihr Blick war streng und durchdringend. „Gor zum Gruße, Dion. Wie geht es dir und deiner ungehorsamen Schwester?"

Senara war bekannt für ihre beängstigende Präsenz und ihre scharfe Zunge. Dion wusste, dass er keine Zeit für eine Unterhaltung hatte.

„Gor zum Gruße, Rektorin. Wir schlagen uns so durch", antwortete er knapp.

Senara seufzte und schüttelte den Kopf. „Du weißt, dass Taras Registrierung nur eine Frage der Zeit war. So etwas wäre zu Lebzeiten deiner Eltern niemals passiert."

Dion unterdrückte seinen Ärger. Senara lächelte mit einer hinterhältigen Freude. „Ich hoffe, dich später am Schandplatz zum Trokara zu sehen."

Dion nickte und eilte weiter. Die Begegnung mit Senara ließ ihn wütend und frustriert zurück. Immer wieder brachte sie das Thema der Registrierung seiner Schwester zur Sprache, als wäre Tara eine gefährliche Rebellenführerin. Dabei war Tara nur Mitglied einer verbotenen Gruppierung, die die ungerechte Herrschaft der Reglus kritisierte.
Endlich zu Hause angekommen, öffnete Dion erschöpft die Tür. „Tara! Ich bin zu-

rück!" Aber es kam keine Reaktion von seiner Schwester. Dion betrat ihr Zimmer und fragte ungeduldig „Wo bleibst du?"

Tara erschrak, schob hastig etwas unter ihre Kleidung und stammelte „Ich komme ja schon. Du bist ziemlich spät, Bruderherz. Lass uns schnell los, damit wir nicht ewig an den Marktständen anstehen müssen."

„Ich wurde mal wieder von deiner Lieblings-Rektorin aufgehalten", brummte Dion.

Tara lachte leise. „Oh oh, wie oft ist mein Name diesmal gefallen?"

„Zu oft. Und weißt du etwas über dieses Trokara?", fragte Dion neugierig.

„Das hatte ich dir doch erzählt, Bruderherz. Sie bestrafen eines dieser Flügelwesen und weißt du wofür, für ihre bloße Existenz und weil sie Dinge wissen die Gor nicht weiß."

Uneinigkeit

Es war noch dunkel als Shana sich etwas vorsichtig und zaghaft, mit ihren nackten Füßen nach Halt auf den mit Moos bewachsenen Steinen suchte. Dieses Vorgehen wollte sie abkürzen und suchte eine geeignete Stelle, und sprang mit einem Satz, Kopf voran in das dunkle, kalte Wasser des Sees. Geschlafen hatte sie kaum, denn das bevorstehende Trokara, beunruhigte sie zutiefst. Als sie die Augen öffnete, umgab sie nur Finsternis und Stille. Das kalte Wasser brannte überall auf ihrer Haut, aber es machte ihr nichts aus. Viele Helligkeiten hatte es kein Trokara mehr gegeben, als hätten die Regolus die Alys vergessen. Doch vielleicht war es auch nur schwerer geworden, sie aufzuspüren, denn niemand wusste, wie viele von ihnen noch existierten. Verstreut in den Galaxien, immer auf der Flucht und stets bemüht, ihre Flügel verborgen zu halten.

Shana tauchte ein letztes Mal ihren Kopf ins kalte Wasser und stieg dann mit wackeligen Schritten aus dem See. Sie wollte sich leise ins Lager zurückschleichen, doch Reni, ihre Freundin und Begleiterin, stand bereits vorwurfsvoll vor ihr. „Du solltest schlafen und nicht ohne Nachricht das Lager verlassen."

„Tut mir leid Reni, aber ich brauchte einen Moment für mich."

„Ich weiß, die Gefangenschaft unserer Schwester geht dir sehr zu Herzen, denn du warst in der letzten Dunkelheit auch schon wütend und traurig zugleich. Aber wir können nichts für sie tun."

„Wir müssen Reni! Wir müssen dieses brutale Ritual verhindern und unsere Schwester befreien."

„Und was stellst du dir da vor, Shana? Sollen wir einfach nach Navar, uns von den Regolus gefangen nehmen lassen und die nächsten Opfer eines Trokaras werden?"

„Vergiss nicht, dass wir die geheimen Wegpunkte nutzen können, die uns beschirmt, bis hierher geleitet haben."

„Na gut, selbst wenn wir es nach Navar schaffen sollten, was dann?"

„Wir werden sehen, aber ich kann das nicht alleine schaffen, Reni. Sicherlich wird uns auf dem Weg nach Navar etwas einfallen."

In diesem Moment raschelte es im Lager, Elar erwachte und rieb sich verschlafen die Augen.

Zwei Söldner

Salvaato hielt seine Erfindung in den Händen und versuchte das Gerät zu starten, während Mali ihm dabei bedenklich über die Schulter schaute. „Geh mal ein paar Schritte beiseite Mali, bevor du deinen zweiten Arm auch noch verlierst."

„Ist denn genug Perfuma in dem Ding?"

Salvaato rollte mit den Augen. „Dieses 'Ding' nennt sich Astar und natürlich ist da genug Treibstoff drin. Guck doch selbst." Salvaato schraubte den Tank auf und hielt ihn Mali direkt unter die Nase.

„Für mich sieht der leer aus."

Salvaato riss den Astar zurück, blickte kurz in den Tank und drehte sich peinlich berührt um. Trotzdem entging ihm Malis Schmunzeln nicht. Salvaato durchwühlte seine Sachen und schaute verärgert auf. „Wir haben ein Problem Mali, ich habe kein Perfuma mehr hier, also müssen wir unsere Reise nach Thalara vorerst unterbrechen um auf dem Markt von Navar neues Perfuma zu kaufen."

„Können wir nicht hier auf Arkeon Perfuma sammeln um dieses Ding wieder benutzen zu können und sollten wir nicht auch langsam zurück zu unserem Volk? Wir sind schon viel zu lange in dieser Galaxie", entgegnete ihm Mali etwas genervt.

„Es gibt hier noch genug für uns zu tun, Mali. Perfuma findet man nur auf Thalara und es ist sehr gefährlich es dort zu sammeln. Da unsere Reise einige Helligkeiten dauern wird, ist es sicherer es auf dem Markt zu kaufen. Vielleicht finden wir dort auch ein neues Gelenk für deinen Metallarm."

Mali schaute auf seine Prothese „Ich hatte gehofft wir müssen nie wieder nach Navar."

„Komm, pack unsere Sachen, ich suche uns in der Zeit den Wegpunkt für unsere Reise raus."

Mali nickte. Als alles für ihre Reise nach Navar gepackt war, marschierten sie los zum ersten Wegpunkt und als sie ihn erreichten verschwanden sie in einer Nebelwand.

Ankunft

„Was hab ich dir gesagt Mali, wir sind nach Plan auf Navar angekommen, du alter Querulant. Jetzt nur noch durch die Kontrolle und dann direkt zum Marktplatz."
Mali und Salvaato waren an der Reihe und ein Regolus versperrte ihnen den Weg. „Händler oder Reisende?"

„Reisende", antwortete Salvaato.

Der Regolus deutete auf den Gegenstand, der aus Salvaatos rechter Manteltasche herauslugte. „Was ist das?"

Salvaato holte den Astar aus seinem Mantel hervor und hielt ihn vor den Regolus. „Das ist die Steuerung für den Metallarm meines Begleiters."

„In Ordnung. Aber das Schwert, welches dein Begleiter mit sich führt, muss er abgeben."

Mali zog sein Schwert heraus und legte es auf

den Tisch, auf dem sich schon mehrere Waffen befanden.

„Jetzt dürft ihr passieren, Gor zum Gruße!“

Auf dem Marktplatz angekommen, suchten Mali und Salvaato nach einem Händler der Perfuma anzubieten hatte. Doch der einst so pompöse Marktplatz war nach der Übernahme der Regolus verwahrlost, die prunkvollen Säulen, welche die Fläche des Platzes markierten, waren zum Großteil zerstört und mit Pflanzen überwuchert. Der Boden bestand nur noch aus festgetretenem Sand und selbst die früher so anschaulichen Händlerstände wirkten heute blass und grau. Die Suche der beiden gestaltete sich schwerer als gedacht, da der Markt immer voller wurde. Es herrschte ein lautes Treiben und durch die Vielzahl an Händlern und deren Angebote wurden ihre Sinne immer wieder von neuen Gerüchen bestimmt, mal ein lieblicher Duft, mal ein metallischer Geschmack und hin und wieder roch es nach Tieren. Doch dann entdeckte Salvaato zufällig einen kleinen Stand

unmittelbar in der Nähe der Bühne, dem so-
genannten Schandplatz, auf dem das Trokara
vollzogen wird.

„Du kommst alleine klar, Salvaato? Ich würde
mich gerne noch ein wenig umschauen."

Salvaato reagierte nicht und ging auf den
Stand zu. Mali drehte sich um und verschwand in der Menge. Nach einer Weile sah
Salvaato seinen Freund mit breitem Grinsen
und einem orangen Gegenstand auf sich zu-
kommen.

„Oh nein Mali, was hast du dir denn da jetzt
schon wieder andrehen lassen?"

„Das ist ein Synox!"

„Und was macht das Ding?"

„Das 'Ding' ist ein Synox und das stellt man
einfach so hin."

„Und dann?"

„Und dann", begann Mali mit einem schelmi-
schen Funkeln in den Augen, „kann es Dinge
tun, die du dir nicht einmal vorstellen kannst!
Es ist ein magisches Gerät, das mit der Energie
der Umgebung interagiert. Es kann die Ele-
mente manipulieren, die Stimmung von Räumen verändern und sogar Erinnerungen be-
einflussen. Sozusagen wie ein kleiner Freund,
der die Galaxie um uns herum verzaubert."

Salvaato runzelte die Stirn. „Und was genau
bewirkt es, wenn du es einfach nur hinstellst?"

Mali beugte sich geheimnisvoll vor und flüsterte „Es sammelt die Energie und die Emotionen der Wesen in seiner Nähe. Wenn du zum
Beispiel traurig bist und das Synox in deiner
Nähe ist, kann es diese Traurigkeit in Freude
verwandeln. Aber es funktioniert nur, wenn
man offen dafür ist. Es braucht die Bereitschaft, seine Magie wirken zu lassen."

„Aber was, wenn jemand nicht an solche Dinge glaubt?", fragte Salvaato skeptisch.

„Das ist die Herausforderung!", sprach Mali mit erhobenen Finger. „Wenn jemand nicht daran glaubt, wird das Synox nicht aktiv. Aber wenn du es schaffst, die Wesen um dich herum zu überzeugen ihre Zweifel beiseite zu legen, kann das Synox wahre Wunder bewirken."

Salvaato zeigte sich neugierig. „Also ist es eine Art ... mentales Spielzeug?"

Mali nickte begeistert. „Genau! Aber kein Spielzeug, sondern ein Werkzeug für Veränderung! Man muss nur bereit sein sich darauf einzulassen."

„Und so ein Ding bekommst du einfach so?" Salvaato lachte. „Hat es bei dir denn bereits funktioniert?"

„Bis jetzt noch nicht. Aber hier sind auch zu viele Wesen um uns herum. Ach, warum erzähle ich dir das überhaupt, war ja klar, dass du nicht daran glaubst. Hast du schon neues

Perfuma gekauft?"

Salvaato klopfte kurz mit der Hand auf eine seiner Manteltaschen. „Ja, aber der Händler hatte gerade genug für eine Reise."

„Weißt du was mir einer der Händler vorhin erzählt hat, hier soll heute noch ein Trokara stattfinden."

„Ein Trokara, was soll das sein Mali? Ist das wieder sowas Magisches?"

„Das ist ein Ritual, bei dem einer Alys die Flügel mit einem glühenden Schwert abgetrennt werden."

„Hat er dir auch gesagt warum?"

„Nicht wirklich, aber du kennst doch die Legenden um die Alys. Und der Krieg ist noch längst nicht vorbei."

* * *

„Was hetzt du denn jetzt so, Tara?"

„Ich dachte, wir wollten nicht ewig an den Marktständen anstehen und außerdem würde ich beim Trokara gerne ganz vorne stehen."

„Warum willst du dir das überhaupt angucken? Und was versteckst du da eigentlich unter deiner Jacke?"

„Sieh mal da Bruderherz, an dem Gemüsestand da vorne ist die Schlange noch nicht so lang. Komm, lass uns schnell hin." Nachdem sie alle ihre Besorgungen erledigt hatten, nahm Tara Dion an die Hand und drängelte sich mit ihm durch die Menge ganz nach vorne zum Schandplatz. Eine große Bühne gerade niedrig genug, damit auch Mani wie Dion und Tara das Trokara verfolgen konnten. Links auf der Bühne war eine Feuerstelle zu sehen, auf der ein riesiges glühendes Schwert lag. „Weißt du was hier jetzt gleich passiert Tara?"

„Ich kann es dir nicht sagen, aber das Ganze

hier macht mir Angst." Einer der Händler hatte das Gespräch der beiden belauscht und mischte sich ein. „Junge Mani wie ihr habt hier nichts verloren, ihr solltet nach Hause und euch dieses brutale Ritual ersparen."

Dion und Tara schauten sich entsetzt an und richteten ihre Blicke wieder der Bühne zu.

* * *

Der Nebel lichtete sich langsam und die Umgebung wurde wieder klar. Shana und Reni hatten den Marktplatz erreicht. Seit ihrer Abreise von Arkeon wo sie Elar bei einem befreundeten Hokiri sicher unterbrachten, hatten sie kein Wort mehr miteinander gewechselt. Reni zupfte nervös an ihrem langen Mantel. „Gut Shana, jetzt sind wir auf dem Marktplatz aber einen Plan haben wir immer noch nicht."

„Ich würde vorschlagen wir verschaffen uns erstmal einen Überblick und treffen uns anschließend hinter der Treppe zum Schandplatz wieder."

Reni seufzte auf. „Ein richtiger Plan ist das aber auch nicht. Meinst du nicht, wir können hier erkannt werden?"

„Reni, hier sind Wesen aus Galaxien, die wir noch nie gesehen haben, wir werden hier bestimmt nicht auffallen."

Beide überprüften nochmals ihre Mäntel, damit auch nicht der kleinste Teil ihrer Flügel zu erkennen war und trennten sich.

Das Trokara

Mit schweren Schritten betrat ein mächtiger Regolus die Bühne, und wie alle Regolus trug er eine einschüchternde Rüstung. Der Brustpanzer bestand aus schuppenförmig angelegten Metallplatten, Schultern und Unterarme wurden ebenfalls durch einzelne Platten geschützt. Jetzt positionierte er sich hinter die Feuerstelle und mit dem Leuchten des glühenden Schwertes in seinen Augen blickte er in die Menge. In diesem Moment verwandelte sich die Geräuschkulisse auf dem Marktplatz in eine beängstigende Stille. Shana und Reni standen bereits am vereinbarten Treffpunkt hinter der Treppe zur Bühne, als sich ihre Aufmerksamkeit plötzlich auf das Geraschel von Ketten lenkte. Beide drehten sich gleichzeitig um. Hora bemerkte ihre Schwestern nicht als sie von zwei Regolus an ihnen vorbei, die kleine Treppe hinauf zum Schandplatz geführt wurde. Ihr Kopf war gesenkt, ihr Körper ersichtlich schwach und sie bewegte sich wie in Trance. Trotz ihrer gebeugten Haltung überragte sie die Regolus durch ihre Größe.

Hora nahm weder ihre Umgebung noch die Massen an Wesen wahr, die sie auf diesem Weg anstarrten. Gor hatte sie kurz vor dem Trokara noch ein letztes Mal gefoltert, aber weiterhin vergebens und konnte ihren Willen trotz der hinzugefügten Schmerzen nicht brechen und die Geheimnisse ihres Volkes blieben geschützt. Hora war klar, dass dieser Gang ihr letzter sein wird und sie nicht nur ihre Flügel, sondern auch ihr Leben verlieren würde. Die beiden Regolus positionierten sie mittig mit dem Rücken zur Menge auf der Bühne, zwangen sie auf die Knie, dann griffen sie jeweils einen ihrer Flügel und spreizten sie gleichzeitig auseinander. Hora versuchte sich zu wehren, doch sie war viel zu schwach, um Widerstand zu leisten. Ihre mächtigen Flügel waren nun in voller Breite zu sehen. Das war der Moment für Tara ihr Geheimnis zu lüften und sie zog unter ihrer Kleidung ein beschriftetes Tuch hervor und hielt es hoch über ihren Kopf. Auf der Bühne löste Taras Auftritt sofort Bewegung aus und einer der Regolus stürmte zum Bühnenrand, zog das Mädchen nebst Tuch auf die Bühne und drückte sie zu Boden. Wenn bis dahin Mali und Salvaato nur Betrachter des Geschehens waren, erschien ihnen diese Situation doch jetzt als ein Zeichen eingreifen zu müssen. Beide schauten sich an und Mali sprach „Hol du das Mädchen, ich kümmere mich um den Rest. Du weißt, wo wir uns treffen." Beide eilten mit einem Sprung fast gleichzeitig auf die Bühne. Salvaato stürzte sich auf dem Mädchen knienden Regolus und warf ihn zu Boden. Mit einem Griff in die Innenseite seines Mantels zog er seinen Dolch hervor und schnitt ihm mit einem Schwung noch in der gleichen Bewegung die Kehle durch. Dann packte er das verängstigte Mädchen und sprang von der Bühne. Tara schrie auf „Warte! Mein Bruder!", und streckte ihre Hand nach Dion aus, der immer noch wie versteinert vor dem Bühnenrand stand. Ehe Dion die Situation wahrnehmen konnte, hatte Salvaato ihn bereits gepackt und lief mit beiden unter den Armen durch die Menge davon. Im selben Moment griff Mali mit seinem Metallarm nach dem glühenden Schwert und zerteilte mit einem Hieb von unten nach oben der Länge nach den mächtigen Regolus. Gerade als er den letzten Krieger zur Strecke bringen wollte, sah er wie zwei Wesen auf die Bühne stürmten, den Regolus von hinten überwältigten und auf die Knie zwangen. Shana und Reni schauten Mali erwartungsvoll an, dieser nahm das noch immer glühende Schwert hoch und stieß es dem knienden Krieger in die Brust. Sein schmerzvoller Schrei übertönte den gesamten Marktplatz. Reni kümmerte sich sofort um die noch immer gefesselte Schwester und rief „Wir dürfen keine Zeit verlieren! Sie werden jeden Moment kommen." Shana und Reni warfen ihre Mäntel ab und entfalteten ihre mächtigen Flügel. Mali stand sprachlos daneben und ließ das Schwert fallen, als sich Reni Hora griff und mit ihr emporstieg. Shana schaute Mali an „Du kommst mit mir!" Packte ihn unter den Armen und flog davon. Inzwischen hatte Salvaato einen sicheren Platz mit Tara und Dion erreicht, den Astar angeschaltet und befüllte ihn mit einer Flüssigkeit. „Was hast du jetzt vor?", fragte Tara.

„Ich bringe euch hier weg. Kommt ganz nah

an mich heran. Beeilt euch! Die Regolus kommen." Tara und Dion stellten sich dicht neben Salvaato der mit einem Klick den Astar startete. Eine blaue, fast transparente Kugel umschloss die Drei und genauso schnell wie sie erschienen war, verschwand die Kugel auch wieder und hinterließ einen leeren Platz.

Auf der Flucht

Shana setzte sanft zur Landung an wo Reni und Hora bereits warteten. „Ab hier müssen wir zu Fuß weiter. Wir sollten so schnell wie möglich den Planeten verlassen."

Mali schaute Reni verblüfft an „Und wie wollt ihr hier weiter? Hier gibt es doch gar keinen Wegpunkt."

Wegpunkte sind Raum-Zeit-Tunnel die Planeten der Galaxien miteinander verbinden und jeweils durch ein Nebeltor betreten werden können. In der Zwerggalaxie Iroria gibt es insgesamt dreizehn Wegpunkte, die unter den Planeten aufgeteilt sind. Daher kann es passieren, dass die Reise zu einem bestimmten Planeten, Umwege über andere erfordert. Raum-Zeit-Tunnel gab es seit Anbeginn der Galaxien, und die Völker auf diesen Planeten hatten ihre Siedlungen immer in der Nähe eines Nebeltores errichtet. Einige Völker bewachten diese Tore, andere vertrauten auf den Frieden zwischen den Planeten. Die Urahnen

der Alys hingegen hatten mit der Hilfe der ur-
alten Magie geheime Wege geschaffen, die nur
ihnen zugänglich sind. Diese geheimen Wege
werden von Margorie, der Hüterin der Pfade,
bewacht.

„Auf euren Karten vielleicht nicht", grinste Reni.

Shana griff in den Boden, hielt eine Hand voll mit Gräsern und Sand ausgestreckt vor sich hin und sprach die Worte „Imbora-toris." Und vor ihren Augen baute sich plötzlich ein Nebeltor auf.

„Kommt. Lasst uns gehen." Reni und Hora durchschritten als Erstes das Portal, Mali blieb verunsichert stehen.

„Na los du Held, wir haben nicht ewig Zeit!"

„Wie hast du das gemacht? Woher kommt der Wegpunkt und wo kommen wir an?"

„Das sind die geheimen Wege der Alys deren

Existenz nur wenigen von uns gelehrt wurde, dieser führt nach Arkeon wo jemand auf uns wartet. Doch du solltest wissen, dass diese Wege sehr gefährlich für fremde Wesen sein können, also bleib immer dicht bei mir und ignoriere die Stimmen in deinem Kopf."

„Arkeon? Aber ich muss doch nach Thalara", erwiderte Mali.

„Jetzt geh schon durch", sprach Shana genervt.

Mali hatte bereits vergessen und erkannte jetzt aufs Neue, wie groß und mächtig die Flügelwesen waren. Er zögerte noch einen Moment und durchschritt dann verunsichert das Portal. Shana folgte ihm und hinter ihr löste sich die Nebelwand auf.

Mali setzte vorsichtig einen Schritt vor den anderen in den weißen Staub, der den Weg kennzeichnete. Anders als die ihm bekannten Wege empfand er diesen Untergrund als angenehm und wohlig. Beide schritten wortlos hintereinander her.

„Mali ...“

Flüsterte eine zarte Stimme

Mali drehte sich um. „Ja? Hast du was gesagt?“

„Nein.“ Antwortete Shana.

Mali ging weiter doch bekam langsam immer mehr das Gefühl, alles würde verstummen. Die Galaxie, die ihn umgab, verschwand, der Raum, in dem er sich befand, wirkte leer und nur noch der Pfad war deutlich für ihn zu erkennen. Das Geräusch seiner Schritte wurde immer lauter bis die Stimme erneut erklang.

„Kehre um, kehre zurück, Salvaato braucht dich er ist in Gefahr.“

Mali blieb stehen, drehte sich erneut um und stellte fest, dass seine Begleiterin verschwunden war. „Flügelwesen! Wo bist du?“

„Kehre um, kehre zurück, rette deinen Freund ..."

Die flüsternden Worte wurden immer deutlicher und zu einem unaufhörlichen Ruf in seinem Kopf, fast so wie ein geheimnisvolles Mantra.

„Kehre um, kehre zurück, rette deinen Freund ... Kehre um, kehre zurück, rette deinen Freund ..."

„Salvaato!"

Mali rannte los bis ihn plötzlich eine Hand kräftig am Arm packte und zurückzog.

„Wo willst du denn hin?" Shana schaute Mali mit ernster Miene in die Augen.

„Ich muss zurück! Ich muss meinen Freund retten!"

„Du kannst nicht zurück! Ich hatte dir gesagt, es ist gefährlich und du sollst die Stimmen ignorieren. Anders als auf den gewöhnlichen Wegen führt dich die Umkehr in den Tod. Unsere Wege werden beschützt durch Margorie, die Hüterin der Pfade, nur die Alys dürfen diese geheimen Wege benutzen und sie sorgt dafür, dass kein anderes Wesen ihn passiert. Jetzt lass uns weiter gehen, wir haben noch einen langen Weg vor uns." Shana lies langsam seinen Arm los und Mali schritt vorsichtig weiter.

* * *

Es kam Dion wie nur ein Atemzug vor, als er sich mit seiner Schwester und dem Fremden in einer ihm völlig unbekannten Umgebung wiederfand. Stickige heiße Luft wirkte auf die beiden ein und der Wind wirbelte durch Taras wilde Haarpracht. Es war grell und um sie herum befand sich nichts als roter, staubiger Sand und steinige Hügel. Tara und Dion schauten sich verängstigt um. „Wo sind wir hier?", fragte Tara.

„Das erkläre ich euch später, wir sollten uns nicht unnötig lange dieser Hitze aussetzen." Salvaato ging direkt los. Tara und Dion hatten Schwierigkeiten den mächtigen Schritten von Salvaato zu folgen. „Hey, warte auf uns, wir können nicht so schnell!", rief Tara geschwächt. Salvaato reagierte nicht und sein Weg führte direkt auf einen riesigen Berg zu. Als Tara und Dion den Fuß des Berges erreicht hatten, wartete Salvaato bereits ungeduldig. Jetzt standen alle drei vor einem mächtigen, runden, gusseisernen Tor. Salvaato ging auf das Tor zu, ergriff mit beiden Händen ein Tau, das längs am Eingang herunter hing und zog zweimal kräftig daran. Über dem Tor erklang eine Glocke und er schritt zurück zu Tara und Dion. Nur wenige Momente später erschien eine Gestalt und schaute auf die drei herunter. „Salvaato, bist du das?" Schrie die Gestalt. Salvaato formte seine Hände zu einem Sprachrohr und hielt sie vor seinen Mund „Ja!", schrie er hinauf, „jetzt leg schon den Hebel um und öffne das Tor!"

Im nächsten Moment fing der Boden unter

den Dreien an zu vibrieren und kleine Gesteins-brocken rollten den Berg hinunter. Gleichzeitig vernahmen sie ein leises metallisches Knarren, als würden alte, gewaltige Zahnräder zum Leben erwachen. Dann begann das Tor sich langsam in Bewegung zu setzen. Mit staunenden aber auch ängstlichen Augen verfolgten die Geschwister das Schauspiel. Es öffneten sich kleine Spalten an der Seite des Tores und ein schwaches, flackerndes Licht schimmerte hindurch. Mit jedem Moment in dem das Tor weiter aufging, wurde das Licht intensiver und das metallische Knarren lauter als das Tor seinen Weg zur Seite fortsetzte. Es schien, als würde der Berg selbst seine Geheimnisse enthüllen. Als die Öffnung groß genug war um sie zu durchschreiten, stoppte das Tor. Salvaato ging auf den Eingang zu, warf einen Blick über seine Schulter und sah, dass die Beiden immer noch wie angewurzelt an der gleichen Stelle verharrten.

„Los ihr zwei, worauf wartet ihr noch?"

Tara legte vorsichtig ihre Hand in die ihres

Bruders und langsam setzten sich beide in Bewegung und folgten Salvaato durch den Eingang. Auf der anderen Seite, standen sie vor einer breiten Treppe, deren Gang hinab führte und auf beiden Seiten durch große Fackeln beleuchtet war. Salvaato ging voran und mit jedem weiteren Schritt in den Berg hinein, wurde es deutlich kühler. Die Treppe endete auf einer Art Balkon, dessen Ausblick das Zentrum der Tynker in seiner Gänze offenbarte. Tara und Dion blickten fasziniert in die Tiefe der riesigen Höhle. Die Szene vor ihnen war voller Leben und Energie. In den Wänden sahen sie zahlreiche Behausungen, die sich harmonisch in den Berg einfügten und deren Eingänge mit goldenen Türen versehen waren. Am Boden der Höhle loderte ein großes Feuer, dessen Flammen ein warmes, gemütliches Licht verbreiteten. Um das Feuer herum versammelten sich die Bewohner des Berges und feierten gemeinsam. Die Atmosphäre war lebhaft und festlich. Musik erfüllte das Innere des Berges und die melodischen Klänge wurden von rhythmischen Stampfen unterlegt. Eine Gruppe Tynker spielte auf traditionellen Instrumenten und erzeugten eine mitreißende Stimmung. Bunte Lichter tanzten an den Wänden der Höhle entlang. Das Gelächter und der Gesang der Feiernden war voller Freude und Lebenslust. Tara und Dion genossen den Anblick und die Klänge, die sie von dem Balkon aus verfolgten. Es war ein magischer Moment in der Tynkerhöhle, der sie tief berührte und ihnen ein Gefühl von Gemeinschaft und Zugehörigkeit vermittelte. „Salvaato mein Freund, was machst du denn hier? Sind das da etwa zwei Mani mit dir und wo ist der Einarmige?" Unterbrach sie plötzlich eine Stimme. Salvaato lachte laut, bevor er sich umdrehte. Tara und Dion folgten seiner Bewegung und vor ihnen stand auf einmal ein Wesen, welches den Eindruck erweckte, als hätte es sein ganzes Leben unter Tage verbracht. Sein Körperbau war breit wie hoch, mit massiven Schultern und einer beeindruckenden Muskelmasse, die sich aus jahrelanger harter Arbeit im Bergbau entwickelt hatte. Eine dicke Schicht dunkler, krauser Behaarung bedeckten die Arme des Wesens, die es vor den kalten und rauen Bedingungen im

Berg schützten. Die Haut war von einer dunkelblauen, fast schuppigen Textur, die von den mineralreichen Ablagerungen geprägt waren. Im Gesicht prangte ein dunkler Vollbart, und die Hände waren grob und vernarbt, Zeugen harter Arbeit mit Spitzhacken und Schaufeln. Trotz des rauen Aussehens strahlte das Wesen eine unfassbare Stärke und Entschlossenheit aus, welche aus der lebenslangen Verbundenheit mit Bedingungen auf Thalara resultierte. „Bolgar, hab ich doch richtig gerochen. Schön dich zu sehen. Mali und ich mussten uns beim Trokara im Kampf gegen die Regolus trennen und ich verhalf den beiden zur Flucht. Übrigens, wie sind eure Namen?"

Tara schaute auf „Ich bin Tara und das ist mein Bruder Dion."

„Und was habt ihr gemacht, etwa mit Steinchen geworfen?", schmunzelte Bolgar.

„Dieser ungehobelte Klotz ist Bolgar, Oberhaupt der Tynker. Wundert euch nicht über seinen strengen Geruch, bei dem Volk der

Tynker ist dies ein Zeichen für Kraft und Mut. Meinen Namen, Salvaato, solltet ihr ja schon mitbekommen haben."

„Jetzt beantwortet endlich mal meine Frage, warum seid ihr hier und was habt ihr angestellt?", forderte Bolgar mit lauter Stimme.

„Mali und ich hatten ausgemacht uns im Falle einer Trennung uns hier zu treffen. Tara war das, richtig? Sie hatte ein Tuch hochgehalten was eine Unruhe bei den Regolus auslöste. Was hattest du da eigentlich drauf geschrieben?" Jetzt wurde auch Dion aufmerksam und schaute mit gespannten Blick auf seine Schwester.

* * *

Vor Mali und Shana erhob sich erneut eine Nebelwand, was bedeutete, ihre Reise war hier zu Ende. Schweigend hatten sie den Rest des Weges zurückgelegt. Sie durchschritten die Nebelwand und sahen Hora, die bereits erschöpft auf dem Boden hockte während Reni ungeduldig daneben stand.

„Warum hat das so lange gedauert?", fuhr Reni die beiden an.

„Unser Held hier hat Bekanntschaft mit Margorie gemacht, daher sind wir nur langsam voran gekommen."

„Ich bin übrigens Mali." Unterbrach er das Gespräch.

„Wie es auch sei, Hora braucht Ruhe und Erholung. Wir sollten unseren Weg jetzt fortsetzen."

„Ihr müsst ohne uns weiter, ich habe ... Mali, versprochen ihn zu seinem Freund über die geheimen Wege sicher nach Thalara zu bringen."

„Na gut, dann halte dein Wort und komme so

schnell wie möglich zurück."

* * *

Shana und Mali betraten den Planeten Thalara und hinter ihnen schloss sich die Nebelwand. Beide verspürten sofort die sengende Hitze, die die Luft erfüllte. Die Sonne brannte am blauen Himmel, und die Umgebung war geprägt von trockenen, roten Ebenen und steinigen Felsen. Der Boden unter ihren Füßen war heiß und sandig.

Mali lächelte Shana an und sprach „Willkommen auf Thalara! Die Hitze kann hier manchmal unerbittlich sein und man gewöhnt sich eigentlich nie daran. Komm, ich werde dir den Weg zu den Tynkern zeigen."

Sie wanderten durch die endlose Wüstenlandschaft immer mit dem Ziel, den Berg, vor ihren Augen, wobei Mali Shana interessante Geschichten über den Planeten erzählte. Endlich erreichten sie den Fuß des mächtigen Berges, der Thalara überragte und sein Gestein schimmerte in verschiedenen Farben. Sofort wurde Mali vom Wächter erkannt und er öffnete das Tor zum Inneren des Berges.

Shana spürte die Aufregung in sich aufsteigen und die Abenteuerlust, die sie an diesen weit entfernten Ort geführt hatte. Sie folgten der Treppe, die in den Berg hinunterführte und erreichten schließlich den Balkon. Shana blickte sprachlos vor der atemberaubenden Aussicht hinab in die Welt der Tynker.

„Was wird dort unten gefeiert?", fragte Shana sich umschauend.

„Ja, die Tynker sind ein fleißiges aber auch ausgelassenes Völkchen. Das Fest nennt sich Alcmoa. Sie danken damit dem Berg für seinen Schutz und seine Gaben."

Beide stiegen die lange Treppe hinab, die an der Innenwand des Berges verlief und im Zentrum der mächtigen Höhle endete. Unten angekommen waren sie sofort umgeben von stampfenden, grölenden und trinkenden

Tynkern und wurden trotz ihrer überragenden Größe nicht von ihnen wahrgenommen. Durchaus belustigt schaute sich Shana das wilde Treiben an und wandte sich zu Mali. „Na da habt ihr euch ja einen überschaubaren Treffpunkt ausgesucht. Wie wollen wir hier deinen Freund finden?" Mali griff sich den erstbesten Tynker aus der Menge und zog ihn an sich „Wo ist Bolgar?" Doch dieser Tynker den sich Mali gegriffen hatte, war überhaupt nicht mehr in der Lage die Frage zu beantworten, sondern brabbelte nur irgendwas in seinen Bart und sein Kopf pendelte dabei unkontrolliert in alle Richtungen. Mali drückte ihn von sich weg und griff sich gleich darauf den nächsten Tynker und wiederholte seine Frage. „Vorhin stand er noch am Moruqkessel", antwortete dieser, „folgt mir einfach." Mali gab Shana ein Zeichen und beide liefen dem Tynker hinterher, obwohl sie wesentlich größer waren, hatten sie Schwierigkeiten diesem wieselflinken Wesen durch die Menge zu folgen. Als der Kessel in Sichtweite war, konnte Mali bereits Salvaato erkennen und beschleunigte erfreulich seinen Schritt.

Im selben Moment erblickte Salvaato seinen Freund in Begleitung der Alys mit der er Seite an Seite auf dem Schandplatz beim Trokara gegen die Regolus gekämpft hatte und setzte ein breites Grinsen auf. Dicht neben ihm stand Bolgar, der gerade zwei überschwappende Krüge, die halb so groß waren wie er selbst, im Kessel aufgefüllt hatte und zur Begrüßung in den Händen hielt.

„Das ich dich nochmal wiedersehe.", warf Salvaato spöttisch in die Runde. „Einarmiger! Hier für dich und deine Begleitung. Trinkt mit uns!" Rief Bolgar dazwischen. Mali griff sich direkt den Krug und setzt zu einem großen Schluck an. Während Shana den Krug zögernd in die Hände nahm und etwas angeekelt auf seinen Inhalt schaute. „Was soll das sein?", fragte sie.

Mali setzte ab und atmete mit einem kräftigen Rülpser aus „Das ist Moruq, nimm einfach einen großen Schluck, der wird dich schon nicht umhauen." Langsam führte Shana den Krug an ihre Lippen und probierte etwas von der Flüssigkeit, während alle gespannt auf ihre Reaktion warteten. Sie setzte den Krug kurz ab, nur um ihn anschließend in einem Zug, begleitet von staunenden Blicken zu leeren. Nach dem letzten Schluck ließ sie den Krug zu Boden fallen. Bolgar nickte ihr respektvoll zu. Mali schaute sich fragend um. „Salvaato, wo hast du eigentlich das Mani Mädchen gelassen?"

Der Zorn des Riags

Gor hatte Rektorin Senara rufen lassen und ein Regolus führte sie zu ihm, in eine große, dunkle Halle. Er stand mit dem Rücken zu ihr und blickte aus dem Fenster.

„Du hast mir versprochen, dass dieses Mädchen geläutert ist und sich nie wieder gegen mich und mein Volk stellen wird. Ich wollte sie in den Kerker werfen, aber dein Flehen hat mich eine falsche Entscheidung treffen lassen. Und was ist passiert? Diese Mani wird zur Anführerin einer Befreiungsaktion bei einer Trokara, bei der nicht nur drei meiner besten Krieger sterben und eine Alys befreit wird, sondern auch noch alle Beteiligten entkommen können. Du kennst die Geschichte meines Volkes Senara und die unseres Planeten Zandor. Einst war dieser Planet fruchtbar, aber jetzt besteht er nur noch aus Sand und vertrocknetem Boden. Ich habe uns hierher gebracht, um ein neues Leben aufzubauen und ich werde jeden zerstören, der uns daran hindern will. Du hast mein Vertrauen missbraucht."

Senara hielt den Kopf gesenkt und entschied sich zu schweigen, bemerkte jedoch, dass sich ein weiteres Wesen im Hintergrund der Halle befand. Nach genauerem Hinsehen erkannte sie, dass es sich um Lyanna, einer Alys, handelte. Gor fuhr fort „Dein Schweigen lässt mich darauf schließen, dass du dir dein Versagen eingestehst. Aber du sollst eine Möglichkeit bekommen, deinen Fehler zu beheben. Du wirst dich auf die Suche begeben und dieses Mani Mädchen finden, samt ihrem Bruder und sie zu mir bringen. Ich werde dir zwei meiner Krieger an die Seite stellen.“

Senara verbeugte sich und die sonst so redegewandte Frau entschied sich weiterhin zu schweigen. Sie hatte damals Gor aufgesucht und sich für Tara eingesetzt, die sich mit einer Gruppe junger Mani an einem Überfall auf einen Regoluskrieger beteiligt hatte, der zum Glück für Tara nicht gelang, denn sie war die Einzige aus der Gruppe, die man gefasst hatte.

Gor ließ sie einsperren, um sie auf dem

Schandplatz hinrichten zu lassen. Senara versprach Gor, sich um dieses Mädchen zu kümmern und bat ihn um Gnade. Sie erzählte Gor die Geschichte von Tara und Dion, deren Eltern ermordet und beraubt wurden. Gor nahm sein Urteil zurück und ließ Tara registrieren. Ihr Name wurde auf einem großen Stein vor dem Schandplatz eingemeißelt, auf dem noch andere Registrierte standen. Senara verließ rückwärts, mit leisen Schritten den Raum und verbeugte sich noch einmal. Durch die jetzt geöffnete Tür, fiel das Licht auf das Gesicht von Lyanna und sie konnte im Halbdunkel deutlich die Umrisse ihrer beiden Flügel erkennen, die sanft an ihr ruhten. Die Alys sah Senara mit einem spöttischen Lächeln an, als diese den Raum verließ. Senara konnte die Bitterkeit in ihren Augen erkennen und wusste, dass sie eine gefährliche Verbündete war. Lyanna hatte schon immer ein Misstrauen gegenüber Senara gehegt und jetzt sah sie eine Chance, sie zu Fall zu bringen. Sie wandte sich an Gor und flüsterte ihm etwas ins Ohr, woraufhin er nickte und ein grimmiges Lächeln zeigte sich auf seinem Gesicht.

„Die Jagd beginnt", sprach Gor mit einer finsteren Stimme. "Senara wird das Mani Mädchen finden und sie zu mir bringen." Lyanna grinste böse und wusste, dass sie dabei eine wichtige Rolle spielen würde. Der Zorn des Riags war entbrannt, und Senara würde ihn am eigenen Leib erfahren.

Der Disput

Der Tynker Magus hatte Tara und Dion, die beide sichtlich erschöpft schienen, zu Bolgars Behausung geführt. Das Fest der Tynker war für beide zu anstrengend gewesen und außerdem hatten Tara und Dion noch eine Sache zu klären.

Nachdem Magus die Behausung verlassen hatte, fand Dion endlich den Moment, seine Schwester zur Rede zu stellen, denn seit dem Vorfall beim Trokara hatten sie kaum Zeit gefunden miteinander zu reden.

„Das Tuch ... was hast du dir dabei nur gedacht, Tara? Dir muss doch bewusst gewesen sein, dass du dir damit, als eine bereits Registrierte, dein eigenes Todesurteil schreibst?", fragte er sie aufgebracht.

„Du wirst mich nie verstehen, obwohl du doch auch zu den Bewohnern von Navar gehörst und ebenfalls unter der Knechtschaft der Regolus leidest", entgegnete Tara kämpferisch. „Ich musste dieses Zeichen setzen und ich wollte dich dabei nie in Gefahr bringen. Hier bei den Tynkern sind wir zwar in Sicherheit Dion, aber mein Kampf gegen die Regolus darf und wird dadurch nicht enden."

Dion wollte nicht begreifen, warum Tara eine dermaßen riskante Handlung gewählt hatte, die ihre eigene Sicherheit so sehr gefährdete. Er war der Meinung, dass es genug andere Wege gab, um für Gerechtigkeit einzustehen. Für ihn waren die Risiken zu hoch und er hatte Angst um das Leben seiner Schwester. Er fürchtete, dass dieser Streit sie trennen könnte. Tara war bereit, alles zu riskieren, um für ihre Überzeugungen zu kämpfen. Dion hingegen konnte ihre Entscheidung nicht akzeptieren, wollte sich aber auch nicht von seiner Schwester distanzieren.

Sie sprachen noch lange in der Dunkelheit miteinander, bis beide schließlich von der Müdigkeit überwältigt wurden und einschliefen.

Verbündete

Mali, Salvaato, Shana und Bolgar hatten das Fest verlassen und begaben sich zur Behausung des Tynkers. Dort angekommen öffnete Bolgar mit nur einem kraftvollen Ruck die schwere goldene Tür. Die Mani Geschwister lagen noch immer tief und fest schlafend in einer aus Fell hergerichteten Ecke. Bolgar deutete mit einer Handbewegung auf einen großen, massiven Holztisch und bat seine Besucher Platz zu nehmen. Im Hintergrund flackerte eine Feuerstelle. Bolgars Behausung war unerwartet groß und der Raum, in dem sie sich befanden, war verbunden mit vielen anderen kleinen Räumen. Während Mali, Salvaato und Shana Platz genommen hatten kümmerte Bolgar sich um die Feuerstelle und legte noch ein paar Holzscheite nach, bevor er sich dann auch in die Runde setzte. In diesem Moment der Ruhe konnte Shana endlich die Frage stellen, die ihr bereits seit dem Aufeinandertreffen mit Salvaato auf der Zunge lag. „Salvaato, eine Sache musst du mir jetzt erklären. Wie habt ihr es bei den starken Kontrollen der Wege nach Thalara geschafft, ohne von den Regolus gefasst zu werden?" Salvaato blickte kurz zu Mali, setzte sein breites Grinsen auf und schaute in die Runde. „Ich hab mich bereits gefragt, wann du mir diese Frage stellst." Salvaato griff in die Innenseite seines Mantels, holte den Astar heraus und platzierte ihn vor sich auf dem Tisch. „Hier hast du deine Antwort." Überrascht schaute Shana auf das fragwürdige, kobaltblau schimmernde Objekt. „Was ist das für ein Gegenstand und was kann er?" Salvaato lehnte sich zurück und schlug die Beine übereinander „Mali, würdest du uns den Astar erklären." Trotz der unerwarteten Aufforderung versuchte sich Mali an dessen Beschreibung. „Ja klar, an dem Ding da baut Salvaato schon seit vielen Helligkeiten. Es ist so eine Art Gerät für die Wege, kann man so sagen. Aber nicht so wie wir das kennen, sondern wie soll ich sagen ... einfach schneller. Doch das Teil hat nie funktioniert und ich kann es selbst kaum glauben, dass die Drei es damit bis hierher geschafft haben." Salvaato belächelte Malis Beschreibung. „Besser hätte ich es selbst nicht erklären können.

Ich würde den Astar eher als Wegspringer bezeichnen."

„Wegspringer?", hakte Shana neugierig nach.

„Mit dem Astar kannst du direkt zu einem Wegpunkt deiner Wahl ganz egal wo dieser sich in der Galaxie befindet reisen, und somit die Verbindungspunkte überspringen. Er trägt seinen Namen in Anlehnung unserer Göttin Astarys, die Göttin der Reise. Der ‚Astar' soll ihren Namen preisen und uns auf unseren Reisen schützen."

Mitten in der Unterhaltung spürte Salvaato ein leichtes Zupfen an seinem Mantel. Er schaute runter und neben ihm standen Tara und Dion, beide in einem dicken Pelz eingewickelt. „Na da seid ihr Zwei ja wieder, ich hoffe ihr konntet euch ein wenig erholen. Nehmt gerne Platz." Noch etwas müde folgte Tara Salvaatos Aufforderung und nahm vorsichtig neben ihm Platz. Dion zögerte noch ein wenig und setzte sich dann auf den letzten noch freien Stuhl direkt neben Bolgar.

„Du bist also die tapfere Mani, die uns geholfen hat, unsere Schwester zu befreien. Und wer bist du?" Shanas Blick richtete sich auf Dion, der sich schüchtern von ihr abwandte. Bolgar erkannte die Situation und legte schützend seinen Arm um ihn. „Das ist ihr Bruder, Dion! Ein furchtloser Mani!" Shana nickte zustimmend und wandte sich wieder Salvaato zu, „Besteht die Möglichkeit, dass du mich mit deinem Wegspringer zurück zu meinen Schwestern nach Arkeon bringst? Ich bin schon viel zu lange fort."

„Möglich wäre es. Dazu fehlt uns nur eine Kleinigkeit. Bolgar und ich müssten vorher noch zu den Schluchten und Perfuma Pflanzen einsammeln, aus denen der Extrakt für den Astar gewonnen wird."

„Wann wollt ihr aufbrechen? Ich werde euch begleiten", erwiderte Shana.

Bolgar erhob sich, „Mit Beginn der Helligkeit sollten wir den Berg verlassen und wir sollten nicht unbewaffnet gehen."

Ein ungebetener Gast

Als die ersten Sonnenstrahlen den Tynker-berg erreichten, begaben sich Shana, Salvaa-to und Bolgar bewaffnet auf den Weg zu den Schluchten von Thalara. Obwohl die Hitze zu dieser frühen Helligkeit noch erträglich war, fiel jeder Schritt schwer. Kurz vor dem Ziel wurde Shana durch das Reflektieren eines Gegenstands vom Weg abgelenkt und ging direkt auf diesen zu. Als Bolgar merkte, dass Shana ihnen nicht mehr folgte, blieb er stehen, drehte sich nach ihr um und sah sie regungslos, mit dem Blick nach unten gerich-tet, in der roten Sandwüste stehen. „Salvaato, was macht sie da?" Salvaato schaute verwun-dert zu Shana „Anscheinend hat sie etwas ge-funden, sehen wir uns das genauer an." Als sie bei Shana angekommen waren, standen jetzt alle drei vor einem riesigen, plattenförmigen, schwarzen, glasigen Gestein.
„Was ist das?", fragte Shana.

„Das ist die Schuppe von einem Schatten-groll", antwortete Bolgar bedenklich.

„Was ist ein Schattengroll?", hakte Shana nach.

„Das sind furchterregende Kreaturen, die hier in den Schluchten ihr Unwesen treiben."

„Ich kenne auch nur die düsteren Geschichten, zum Glück ist mir auf der Suche nach Perfuma noch nie einer begegnet. Kommt, lasst uns weiterziehen bevor uns die Hitze noch mehr zu schaffen macht", sprach Salvaato und Schritt voran.

Am Rande der Schlucht angekommen, schauten sie in die Tiefe des Tals und erblickten bereits die schattigen Flächen, auf denen die Perfumapflanze wächst.

„Hier wollt ihr runter?", fragte Shana.

Salvaato und Bolgar nickten, schauten Shana an und warfen einen kurzen Blick auf ihre Flügel.
Shana begriff ihr Vorhaben und entfaltete diese, stieg sanft auf und verschwand anschlie-

ßend in den Tiefen der Schlucht.

„Die hätte uns aber auch mal mitnehmen können", sprach Bolgar enttäuscht.

Trotz der bereits vielen Abstiege, war es für die beiden immer wieder eine Herausforderung den Grund der Schlucht zu erreichen. Unten angekommen wartete Shana ungeduldig. „Jetzt erklärt mir worauf ich beim Ernten der Pflanzen achten muss."

Salvaato, der immer noch schwer atmete, versuchte zu antworten „Wichtig ist, dass du nur die Pflanzen erntest, deren Blüten lila und nicht blau sind, um sie dann direkt unter ihrer Blüte abzubrechen. Hier, du brauchst noch diesen Sack."

Salvaato und Shana machten sich direkt ans Werk, während Bolgar sich ein schattiges Plätzchen suchte.

„Willst du uns nicht helfen, Bolgar?", fragte Shana.

„Ich bin gleich da, nur kurz ein bisschen ausruhen", antwortete Bolgar und schloss dabei
seine Augen.

Während Salvaato und Shana konzentriert
die Perfumapflanzen ernteten, bemerkten sie
plötzlich eine unheimliche Stille um sich herum. Das Summen der Insekten und alles Andere verstummte schlagartig. Shana und Salvaato warfen sich einen beunruhigten Blick
zu, als plötzlich ein ohrenbetäubendes Brüllen die Luft zerriss. In diesem Moment stand
Bolgar bereits mit der Axt in seinen Händen
hinter den beiden „Greift eure Waffen. Wir
bekommen Besuch."

Salvaato zog langsam einen Schmiedeham-
mer seitlich aus seinem Gürtel und stellte
sich kampfbereit in Position. Shana hatte ihre
Flügel entfaltet, den Pfeil bereits im Bogen gespannt und blickte fokussiert in die Richtung
aus der das Brüllen ertönte. Der Boden bebte
und aus den dunklen Schatten der Schlucht
erhob sich langsam eine gewaltige Gestalt. Der
Schattengroll, eine gigantische Kreatur mit

grünen Glutaugen und scharfen Klauen, trat bedrohlich näher. Sein Körper war gezeichnet von einem schuppigen glänzenden schwarzen Panzer. Mutig stellten sich die Drei dem Groll entgegen. Die Kreatur stürzte auf sie zu. Shana flog seitlich hinauf und zielte präzise mit einigen Pfeilen auf den Kopf des Grolls. Während Bolgar sich auf den frontalen Zusammenstoß einstellte, versuchte Salvaato hinter die vierbeinige Bestie zu kommen. Der Groll stürzte auf Bolgar zu und hatte sein Maul weit aufgerissen. Jetzt zeigten sich deutlich seine spitzen Zähne. Bolgar wartete auf den richtigen Moment und schlug dann mit einem mächtigen Schlag auf den Kopf des Monsters. Dieses brach bei voller Geschwindigkeit regungslos in sich zusammen und rutschte an Bolgar vorbei. Shana, Salvaato und Bolgar schauten auf den leblosen Körper des Grolls während sich der rote Staub um ihn herum legte.

„Guter Schlag!", lobte Shana Bolgar.

Doch die Freude über den Sieg war nur von kurzer Dauer. Der Groll richtete sich langsam und schnaufend wieder auf, schüttelte seinen riesigen Kopf, drehte sich zu den Dreien und stieß ein donnerndes Gebrüll aus. Salvaato zögerte keinen Moment und rannte auf das eben noch bewusstlose Tier zu um es mit mehreren kräftigen Schlägen zu erledigen.

„Halt!"

Der laute Schrei von Shana konnte Salvaatos Vorhaben nicht aufhalten und noch bevor er seinen ersten Schlag ausführen konnte, erhob sich der Schattengroll und zeigte sich in seiner ganzen Größe. Wie versteinert stand Salvaato jetzt vor dem Monster und war diesem völlig ausgeliefert. Der Groll hob seine rechte Pranke und holte zum tödlichen Schlag aus. Kurz bevor die Klauen Salvaato zerreißen konnten, packte Shana ihn im Flug und beide stürzten zu Boden. Salvaato schrie auf, Shana schaute ihn an und erkannte eine riesige offene Wunde an seinem Arm dessen Blut schon den Boden unter ihnen tränkte. Durch den Geruch des Blutes erkannte der Schattengroll in Shana und Salvaato jetzt eine leichte Beute und schritt langsam auf sie zu.

Bolgar, der sich inzwischen von dem ersten Angriff des Grolls erholt hatte, erfasste die Situation und wusste, dass er schnell handeln musste, um seine Freunde zu retten. Er griff nach seiner Axt, sprang auf und zog die Aufmerksamkeit des Monsters auf sich. Mit kraftvollen Schlägen und Ausweichmanövern versuchte er, den Groll abzulenken und von Shana und Salvaato fernzuhalten. Salvaato, der vor Schmerzen stöhnte, riss sich zusammen und versuchte, sein Bewusstsein zu behalten. Trotz der Verletzung seines Arms sammelte er seine letzten Kräfte. Er konnte sich erinnern, als sich der Groll vor ihm aufgebaut hatte, dass er auf der Brust des Monsters eine der vielen schwarzen Schuppen fehlte.

„Ziel auf die freie Stelle auf seiner Brust!", schrie er Shana zu.

Shana spannte ihren Bogen und wartete auf den Moment, in dem sich das Monster erneut aufrichtete. Dann zielte sie auf die freie Stelle und bereits ihr erster Pfeil traf und der Schattengroll sank langsam zu Boden. Shana schoss noch zwei Pfeile hinterher, bis der Groll unter lautem Gebrüll zusammenbrach.

Erschöpft, aber voller Erleichterung, ließen sich die Drei auf den Boden sinken. Sie hatten den mächtigen Gegner besiegt und sich ihrer Einheit und Stärke bewiesen. Shana verband Salvaatos Wunde provisorisch ab und Bolgar untersuchte den Körper des Grolls, um sicherzugehen, dass er wirklich tot war.

„Lasst uns ein wenig ausruhen, dann das restliche Perfuma sammeln und dann bringen wir dich Salvaato zum Heiler der Tynker. Ihr habt doch einen guten Heiler Bolgar?"

„Den Besten", lächelte dieser.

In diesem friedlichen Moment verbanden sich die drei Krieger über den Erfolg ihrer Mission und den Sieg über den Schattengroll. Sie genossen die Magie des Augenblicks, während sie gemeinsam in die unendlichen Weiten des Himmels blickten, wo die beiden Monde Hion und Ketera am Himmel erschienen.

„Könnt ihr euch eigentlich ein Bündnis mit dem Ziel die Regolus zu vernichten vorstellen?", sprach Shana mit ruhiger Stimme.

Die Legende der Monde

In der Zwerggalaxie Iroria existieren viele Planeten und Völker. Unter ihnen lebte Hion, ein einfacher Bauer vom Volk der Hokiri auf Arkeon. Arkeon war bekannt für seine fruchtbaren Böden und goldenen Sonnenuntergänge, die das Land in ein warmes, einladendes Licht tauchten. Hion führte ein bescheidenes Leben, in dem er die Felder bebaute und sich um sein Vieh kümmerte.

Während einer Helligkeit, bei der Arbeit auf dem Feld, sah Hion etwas Ungewöhnliches am Himmel. Er hatte zwar schon von dem Volk der Alys gehört doch so ein Wesen mit majestätischen Flügeln, das sich sanft durch die Luft bewegte, hatte er noch nie gesehen.

Dieses Wesen war Ketera, eine Alys vom Planeten Navar. Ketera reiste durch die Zwerggalaxie Iroria, um die Schönheit und Vielfalt der Welten zu entdecken. In dem Moment, in dem ihre Blicke sich trafen, spürten Hion und Ketera eine unerklärliche Verbindung. Es war,

als ob das Universum selbst sie zueinander geführt hatte. Sie begannen, sich immer wieder
zu treffen, wenn Ketera ihre Reise durch die
Zwerggalaxie fortsetzte. Hion verzauberte
sie mit seiner Art und den Geschichten von
Arkeon sowie der Einfachheit seines Lebens.
Er sprach über die harte Arbeit auf dem Feld
und den Herausforderungen, vor denen er
stand. Dennoch war Hion zufrieden mit seinem Leben auf dem Land und genoss die Verbundenheit zur Natur. Ketera flog oft hoch
oben in den Lüften und erkundete die weiten
Horizonte Arkeons, während Hion sie dabei
hingebungsvoll beobachtete. Sie schwärmte
von den unglaublichen Landschaften, die sie
bereits gesehen hatte und von der Freiheit des
Fliegens und ihrer Verbundenheit zur Natur.
Während sie sich gegenseitig ihre Geschichten
erzählten, entdeckten Hion und Ketera viele
Gemeinsamkeiten zwischen ihren Welten. Sie
erkannten auch, dass ihre Völker voneinander
profitieren könnten, indem sie voneinander
lernten und sich unterstützen. Mit der Zeit
entwickelten sie eine tiefe, unerschütterli-
che Liebe zueinander, die die Grenzen ihrer

Herkunft überwand. Doch ihre Liebe wurde auf die Probe gestellt, als Ketera eine wichtige Mission erhielt, die sie zu einem Planeten namens Zandor führte. Sie konnte es nicht ablehnen, da neue Handelsrouten erschlossen werden mussten, um die Existenz ihres Volkes zu bewahren. Hion und Ketera verabschiedeten sich mit einem schmerzhaften Versprechen der Rückkehr. Sie wussten, dass es Helligkeiten dauern würde, bis sie wieder zusammen sein könnten. Die Zeit verging langsam für Hion, während er sehnsüchtig auf Keteras Rückkehr wartete. Er arbeitete auf den Feldern, sah zu den Sternen hinauf und dachte an ihre Begegnungen und Berührungen und die Liebe, die sie verband. Aber auf Helligkeit folgte Dunkelheit, und Ketera kehrte nicht zurück. Hion fühlte sich verlassen und einsam, während die Zeit verging. Er wusste nicht, dass Ketera in ihrer Mission gefangen war, gefangen auf Zandor. Hion hörte auf seine Felder zu bestellen und sich um sein Vieh zu kümmern. Man sah ihn immer wieder allein, zum Himmel aufschauend auf einem Hügel sitzen in der Hoffnung, einen Blick auf

Ketera zu erhaschen. Doch sie war für immer verschwunden, und sein Herz war gebrochen. Seine Liebe zu Ketera hatte sein Leben verändert, aber sie hatte ihn auch verlassen, um in den unendlichen Weiten des Universums verloren zu gehen. Hion wurde zu einer einsamen Gestalt auf Arkeon, ein Bauer ohne Freude oder Hoffnung. Die goldenen Sonnenuntergänge schienen plötzlich leer und bedeutungslos, denn die einzige Sonne in seinem Leben war für immer erloschen. Und so endete die traurige Geschichte von Hion und Ketera, eine Geschichte von Liebe, die durch Raum und Zeit getrennt wurde, aber niemals vergessen werden würde. Die beiden Monde in der Zwerggalaxie, so erzählt man sich, tragen daher ihre Namen.

Hinterhalt

Hora und Reni hatten sich mittlerweile auf Arkeon gut erholt, auch dank der Hilfe von Aric, einem ansässigen Bauern der Hokiri und Freund, der ihnen Sicherheit gab. Die drei Alys genossen regelmäßige Spaziergänge durch die dichten Wälder von Arkeon, besonders während der eintretenden Dunkelheit. Die Sonnenstrahlen drangen nur noch spärlich durch das Blätterdach, während die Vögel ihre Lieder sangen und der Duft von Moos und feuchtem Gras die Luft erfüllte. Doch trotz des Gefühls der Sicherheit trugen Hera und Reni stetig ihre Waffen bei sich, denn sie konnten jederzeit auf eine Patrouille der Regolus treffen. Was sie bei diesem Spaziergang allerdings nicht bemerkten, war, dass sie unwissentlich die Aufmerksamkeit von zwei gefährlichen Kriegern der Regolus auf sich gezogen hatten, die sich lautlos durch das Unterholz bewegten und die Drei genau im Blick hatten. Als die Gruppe an einem kleinen Bach pausierte, entschieden sich die Regolus zum Angriff. Plötzlich durchschnitten scharfe Klingen die Stille und die beiden Regolus sprangen aus dem Gebüsch hervor. Hora und Reni reagierten sofort und zogen ihre Waffen, während Elar sich schnell hinter seinen Schwestern in Sicherheit brachte. Die Luft war erfüllt von bedrohlichen Geräuschen. Der Kampf begann heftig, die Schwerter der Gefährtinnen klirrten gegen die starken Angriffe der Regolus. Reni wirbelte geschickt zwischen den Angreifern hindurch, während Hora mutig in den Nahkampf stürzte. Inmitten des Gefechts erkannte Elar, dass Reni in Not geraten war. Der tapfere kleine Kämpfer zögerte keine Sekunde und stürzte sich auf den Regolus, der Reni bedrohte. Sein mutiger Einsatz ermöglichte es Reni, sich aus der gefährlichen Situation zu befreien, doch Elar zahlte einen hohen Preis. Die scharfe Klinge des Regolus durchbohrte seinen Körper und er stürzte lebensgefährlich verletzt zu Boden. Hora und Reni, von Wut und Sorge getrieben schlugen wild auf die Regolus ein. Mit vereinten Kräften gelang es ihnen, die beiden Regolus zu überwältigen und zu töten. Doch die Freude über den Sieg wurde schnell von der Besorgnis um Elar überschattet. Der kleine Kämpfer lag blutend und schwer verletzt am Boden, sein Atem war flach und unregelmäßig. Mitten in den grünen Wäldern von Arkeon trugen sie Elar zurück zur Behausung von Aric.

Anders als geplant

Die Sonne schien hell am Himmel, als Salvaato mit seiner Wunde zu Rowan eilte, dem Heiler der Tynker. Rowan war für seine Fähigkeiten bekannt und hatte schon vielen Wesen das Leben gerettet. Als Salvaato in Rowans Hütte ankam, war dieser bereits auf seine Ankunft vorbereitet. Er wusste, dass Salvaato dringend Hilfe brauchte und hatte alle Salben und Pasten parat. Mit geschickten Handgriffen reinigte er die Wunde und fing an, einen Verband anzulegen.

„Du musst deinen Arm schonen, Salvaato", riet Rowan.

Salvaato nickte ernst, bedankte sich verließ die Hütte. Draußen wartete bereits Shana und gemeinsam machten sie sich sofort auf den Weg zum Planeten Arkeon. Shanas Herz schlug vor Aufregung. Endlich würde sie Reni, Hora und Elar wiedersehen. Sie hoffte so sehr, dass es ihnen gut ging. Die Reise verlief reibungslos. Die Sterne zogen an ihnen vorbei und der

Astar glitt sanft durch das All.

Als sie Arkeon erreichten, verspürten sie sofort die angenehme Atmosphäre die diesen Planeten umgab und machten sich direkt auf den Weg zu Aric. Je näher sie der Hütte kamen, desto mehr vernahmen sie eine verdächtige Ruhe. Angespannt betraten Shana und Salvaato die Hütte. Was sie dort erblickten, ließ sie erschrecken. Reni und Hora hockten vor einem Schlafplatz, auf dem der junge Elar lag. Seine Augen waren geschlossen. Hora hielt die Hand von Elar.

„Was ist passiert?", sprach Shana entsetzt. Erst jetzt bemerkten Hora und Reni, dass jemand hinter ihnen stand. Reni sprang auf, ging auf Shana zu und fiel aufgelöst in ihre Arme.

„Wir sind im Wald von zwei Regolus überfallen worden und Elar hatte sich in den Kampf mit eingemischt und wurde schwer verletzt. Es ist alles unsere Schuld Shana, wir haben für einen Moment nicht aufgepasst. Elar hat zwar den Hieb überlebt, aber wir bekommen die Blutung nicht gestillt." Shana löste sich von der Umarmung und setzte sich neben das Lager von Elar. Hora hielt immer noch seine Hand und hatte dabei den Kopf gesenkt. Langsam hob sie ihren Kopf und schaute Shana an.

„Das hätte niemals passieren dürfen, mein Versagen ist unverzeihlich!"

Salvaato stand immer noch im Eingang der Hütte und wagte nicht, sich zu bewegen. Er hatte noch nie zuvor so einen jungen Alys gesehen. Die männlichen Alys waren ohne Flügel ausgestattet und viele hatten im Kampf gegen die Regolus auch aufgrund dessen ihr Leben lassen müssen.

„Was steht ihr hier noch untätig herum? Wollt ihr wirklich abwarten, bis Elar endgültig verblutet? Es muss doch jemanden geben, der ihn retten kann!", schrie Shana entsetzt.

„Elar ist zu schwach und der nächste Wegpunkt ist zu weit weg, er würde den Weg nicht überleben", setzte Reni entgegen. Shana dreht sich jetzt zu Salvaato um. „Wie viele von uns kann dein Astar transportieren?" Erst jetzt bemerkten Hora und Reni die Anwesenheit von Salvaato.

„Der Astar könnte uns alle sicher zu den Tynkern bringen. Vielleicht kann auch dessen Heiler Rowan dem Jungen helfen."

„Die Wunde ist zu groß und er hat schon zu viel Blut verloren. Es wird keinen Heiler geben, der ihn vor dem Tod bewahren kann." sprach Hora. Nach diesen Worten brach Reni in Tränen aus und sank zu Boden.

„Es gibt noch eine Hoffnung. Ihr habt doch alle schon mal von der Legende der Heilerin gehört. Eine Alys die auf Ogore leben soll und über die uralte Magie verfügt. Sie ist unsere einzige Chance …" Für einen Moment wurde es ruhig in der Hütte.

„Dann müssen wir es versuchen", stimmte Shana zu.

Langsam trugen sie Elar vor die Hütte und versammelten sich um ihn. Salvaato startete den Astar. „Ich finde keinen Planeten namens Ogore in meinem System. Weder habe ich von ihm gehört noch ist er in meiner Karte verzeichnet."

„Es gibt nur einen geheimen Weg der nach Ogore führt", antwortete Shana.

„Geheime Wege? Der Astar kennt nur die in der Galaxie bekannten Wegpunkte. Für andere bräuchte ich den ungefähren Standort, damit der Astar diesen findet."

„Ich kann ihn dir auf deiner Karte zeigen", sprach Reni. Salvaato holte eine Karte aus seinem Mantel hervor und schlug sie auf. Dann deutete Reni mit ihrem Finger auf eine freie Stelle der Karte. Salvaato gab die Standortdaten der Markierung in den Astar ein und nach einem kurzen Moment bestätigte dieser den Wegpunkt. „Ich hab ihn! Kommt alle zusammen." die blaue Kugel umschloss die Gruppe und gemeinsam verschwanden sie im Nichts.

Nur eine sandige Wolke blieb zurück.

Ogore

Kamor umarmte seine Frau und küsste sie sanft auf die Stirn. „Wir sind bald wieder zurück."

„Ich finde es ist noch zu früh den Jungen mitzunehmen, aber du hast so entschieden."

„Er ist alt genug, ich war in dem gleichen Alter als mein Vater mich zu meiner ersten Sammlung mitgenommen hatte."

Seine Frau nickte ihm zu und fuhr ihrem Sohn besorgt durchs Haar. „Bleib immer in der Nähe deines Vaters, Joran."

Joran nahm seinen Beutel, warf ihn mit einem Schwung über die Schulter, griff sein Werkzeug und folgte seinem Vater. Am Dorfplatz angekommen trafen Kamor und Joran auf die restlichen Sammler.
„Kamor! Bist du dir sicher, dass du deinen Sohn mitnehmen willst? Wir brauchen hier niemanden der die Gruppe aufhält."

„Dann solltest du der Erste sein, der die Gruppe verlässt Aslo. Joran ist so weit."

„Aber schaut euch doch nur mal seine dünnen Ärmchen an", kicherte Aslo's Sohn Lukar.

„Lasst uns aufbrechen!", rief einer der anderen Männer, und die Gruppe setzte sich in Bewegung. Joran wirkte leicht gekränkt.

„Ärgere dich nicht über die dummen Worte der beiden. Sie halten sich für die Größten und auch wenn sie gute Sammler sind, bringen sie die Gruppe immer wieder in Gefahr", tröstete Kamor seinen Sohn. Bereits wenige Schritte, nachdem die Gruppe das Dorf verlassen hatte, wurde der feste Untergrund des Weges, immer schlammiger. Je weiter sie gingen, desto schwerer war das Vorankommen. Die Bäume und Büsche standen immer dichter beieinander und das Licht der Sonne kam kaum noch durch das Geäst hindurch. Die Luft wurde immer feuchter, das Atmen schwerer und es roch immer intensiver nach modrigem Holz und schlammigen Boden. Als die Gruppe ihr Ziel erreichte, erkannte Joran sofort die Gwankfrucht an den Sträuchern die entlang des Moorteiches standen. Die Männer griffen zu ihren Waffen die aus primitiven, angespitzten Stöcken bestanden und fingen an die Früchte zu sammeln und in ihren Beuteln zu verstauen. Auch Joran hatte wie in einem Rausch seine Waffe gegriffen und wollte den Männern folgen als sein Vater ihn am Arm packte und zu sich zog „Nicht so hastig. Den ersten Strauch machen wir zusammen."

Joran nickte und folgte seinem Vater zu einem der Sträucher. Gemeinsam sammelten sie die Gwankfrüchte ein und füllten ihre Beutel. Kamor zeigte seinem Sohn, wie man die Früchte richtig von den Sträuchern löste, um sie nicht zu beschädigen. Joran war fasziniert von der Schönheit und dem Duft der Pflanze, denn bisher kannte er nur die Frucht. Er genoss es gemeinsam mit seinem Vater diese Aufgabe zu erledigen.

„Joran, geh nicht so nah an den Moorteich. Es ist gefährlich, du weißt nie in welchem Teich ein Sumpfschleicher lauert. Achte daher immer auf die Wasseroberfläche. Sobald du nur die geringsten Wellen wahrnimmst, entfernst du dich sofort vom Ufer und kommst zurück zu mir. Hast du verstanden?"

„Ja, Vater."

„Gut, dann sammeln wir jetzt getrennt weiter."

Joran entfernte sich von seinem Vater und suchte eine reife Pflanze, die er abernten konnte. Geschickt fing er an die Früchte nacheinander in seinem Beutel zu verstauen, dabei glitt ihm eine Frucht aus der Hand und fiel zu Boden. Als er sich nach ihr bückte, um sie aufzuheben, erblickte er wie die Wasseroberfläche des Moorteichs leichte Wellen schlug. Joran griff mit beiden Händen nach seinem Stock, den er in den Sumpfboden gesteckt hatte, und drückte ihn fest an seine Brust.

Vorsichtig entfernte er sich jetzt Schritt für Schritt rückwärts vom Ufer, als er plötzlich gegen etwas stieß. Erschrocken drehte er sich um und schaute Aslo direkt in die Augen.

„Hat dir dein Vater nicht beigebracht, eine Pflanze komplett abzuernten oder fehlt dir die Kraft einen vollen Beutel zu tragen. Geh beiseite, ich zeige dir wie ein richtiger Sammler erntet."

„Aber ..."

Doch bevor Joran seine Warnung aussprechen konnte, war Aslo bereits auf dem Weg zum Ufer. Wie erstarrt schaute Joran Aslo hinterher. Gerade als Aslo nach der ersten Frucht griff, wurde er von hinten von zwei riesigen Klauen gepackt, hochgehoben und Joran musste mit ansehen, wie der Sumpfschleicher Aslo den Kopf mit seinen scharfen Zähnen abtrennte und dann den Rest seines Körpers verschlang. Ein monströses Wesen mit riesigen Pranken welches komplett mit grünem Schleim bedeckt war hob jetzt langsam den Kopf, schaute sich um und blickte dann Joran mit seinen giftig gelben Augen direkt ins Gesicht. Im selben Moment stürmten Sammler aus allen Richtungen mit ihren Waffen in der Hand auf den Sumpfschleicher zu. Bevor die Sammler angekommen waren, stand Kamor bereits neben seinem Sohn und schob Joran schützend hinter seinen Rücken. Nach und nach kamen die Männer zusammen und versammelten sich um Kamor. Dieser gab jetzt mit einem lauten Schrei ein Zeichen und alle rannten zusammen mit vorgehaltenen Waffen auf den Sumpfschleicher zu. Bevor sie das Monster jedoch erreichen konnten, zog sich dieses hastig zurück ins Wasser und tauchte im Teich ab. Lukar drängelte sich jetzt schreiend aus der Gruppe hervor und rannte mit erhobener Waffe auf das Ufer zu, wo gerade noch sein Vater stand und warf mit voller Wut seinen Speer dem Sumpfschleicher hinterher, dann brach er weinend zusammen. Bevor die Gruppe der Männer Lukar vom Ufer wegziehen konnten, kniete Joran bereits neben ihm und legte seinen Arm tröstend über seine Schulter. Dann kam

Kamor, griff sich den Jungen und trug ihn vom Ufer weg. Joran folgte seinem Vater als er plötzlich in der Ferne ein blaues Licht aufblitzen sah. Ohne darüber nachzudenken, rannte der Junge los. Kamor befahl zweien seiner Männer Lukar zurück in das Dorf zu bringen und lief dann seinem Sohn hinterher. Shana und Hora legten Elar vorsichtig unter einen der schattigen Bäume.

* * *

„Das ist also Ogore, war von euch schonmal jemand auf diesem Planeten?", fragte Salvaato in die Runde.

„Sagt mir mal lieber wie es weitergehen soll. Elar leidet und wir wissen weder wo wir sind, noch wo wir hin müssen. Vielleicht wäre es besser gewesen den Heiler der Tynker aufzusuchen, anstatt einer Legende nachzugehen. Ich kann mir nicht vorstellen, dass wir hier überhaupt jemanden begegnen."
Kaum hatte Reni ihren Satz beendet, vernahm die Gruppe ein Rascheln aus dem Gebüsch.

Salvaato umklammerte seine Waffe, die drei Alys spannten fast gleichzeitig ihre Flügel und stellten sich schützend vor Elar. Alle blickten angespannt auf das Gebüsch. Zwei kleine Hände schoben das Geäst vorsichtig beiseite und es trat ein kleiner Junge hervor, der die Gruppe mit großen Augen anstarrte.

„Du hast recht Reni, hier scheint wirklich keine Seele zu leben", spaßte Salvaato, löste den Griff von seiner Waffe und ging langsam in die Hocke.

„Ich bin Salvaato, und das hinter mir sind meine Freunde. Bist du ganz alleine hier unterwegs?"

Ehe Salvaato eine Antwort bekam, traten plötzlich sechs Gestalten aus dem Dickicht hervor, stellten sich vor den Jungen, richteten ihre Waffen gegen Salvaato und seine Freunde und gaben laute und angsteinflößende Schreie von sich. Hora schritt vorsichtig mit leicht erhobenen Händen und offenen Handflächen auf die Fremden zu.

„Seid ihr vom Volk der Chebrakas? Wir haben keine bösen Absichten, unser Besuch ist mit großer Hoffnung verbunden denn wir führen ein schwerverletztes Kind mit uns. Wir sind auf der Suche nach einer Heilerin, einer Alys, die laut einer Legende hier auf Ogore leben soll."

Eines der Wesen, der der Anführer der Gruppe zu sein schien, trat hervor und gab seiner Gruppe mit einer ruhigen Handbewegung das Signal, die Waffen zu senken.

„Ja, wir sind Chebrakas. Du meinst bestimmt unsere Heilerin, sie hat auch Flügel wie ihr."

Als Hora die Antwort hörte, keimte Hoffnung in ihr auf.

„Könntet ihr uns helfen und uns zu ihr führen?"

Der Anführer nickte „Wir helfen euch dabei den Jungen in unser Dorf zu bringen."

Jetzt zeigte sich auch der kleine Junge der Chebrakas wieder und betrachtete Hora mit großen Augen.

„Wir danken euch. Ich bin Hora."

Ihr Gegenüber drehte sich zu seinen Männern und gab ihnen Anweisungen. Daraufhin fingen sie an große, stabile Äste zu sammeln, um daraus eine Trage zu bauen. Shana und Reni legten den verletzten Elar vorsichtig auf der Trage ab. Vier der Chebrakas hoben die Trage vorsichtig an und setzten sich in Bewegung, Reni lief neben der Trage her und hielt die Hand von Elar. Schweigend folgte der Rest der Gruppe. Shana die neben dem Anführer der Chebrakas lief, drehte sich zu ihm „Ist es noch weit zu eurem Dorf? Ich weiß nicht wie lange unser Junge noch durchhält."

„Es ist nicht mehr weit. Sobald der Boden unter unseren Füßen fester wird, sind es nur noch wenige Schritte."

„Warum seid ihr so weit von eurem Dorf entfernt?"

„Alle sieben Helligkeiten sammeln wir Nahrung für unser Volk, es ist sehr gefährlich, daher gehen wir nur in großen Gruppen."

„Was macht das Sammeln so gefährlich?", fragte Shana.

„Die Qwankfrucht wächst nur tief in den Sümpfen, an den Ufern der Moorteiche. Dort leben bösartige Kreaturen durch die schon viele unserer Männer ihr Leben verloren haben." Die Gruppe kam gut voran, der kleine Junge der Chebrakas lief auf der anderen Seite der Trage und schaute besorgt auf Elar. Allmählich wurde der Boden unter ihren Füßen fester und in der Ferne konnte man bereits kleine Hütten erkennen. Je näher sie an das Dorf herankamen, umso deutlicher vernahmen sie die Stimmen und das lebhafte Treiben seiner Bewohner. Neugierige aber auch verängstigte Blicke fielen auf die Fremden als sie das Dorf betraten. Es lag inmitten einer malerischen Landschaft aus moosbewachsenen Bäumen und als Behausungen dienten strohgedeckte Lehmhütten. Die vier Männer mit der Trage gingen auf eine kleine Hütte zu und hielten vor ihr an. Kamor eilte an ihnen vorbei und klopfte zweimal kräftig an die Tür. Kurz darauf öffnete sich diese langsam und eine alte Alys tauchte gebeugt durch den anscheinend viel zu niedrigen Eingang heraus. Ihr Blick fiel sofort auf den auf der Trage liegenden Jungen „Bringt ihn in meine Hütte!" Die alte Alys lies die Chebrakas vorbei und gerade als Reni ihnen folgen wollte, stellte sie sich ihr in den Weg „Ich brauche dafür Ruhe." Die Träger verließen die Unterkunft und Reni blickte der Heilerin nach, die in ihrer Behausung verschwand und die Tür hinter sich schloss. Allen in der Gruppe war nicht entgangen das einer ihrer Flügel zerfetzt an ihr herunter hing.

Störenfriede

„Das machst du wirklich gut", lobte Bolgar Dion. „Als unser Gast schätze ich deine Hilfe umso mehr."

Dion lächelte schüchtern und genoss die harte Arbeit im Berg. Der Umgangston war rau, aber er fühlte sich von der Gemeinschaft der Tynker akzeptiert - ein Gefühl, das er zuvor nie erlebt hatte. Obwohl er Blasen und Schwielen an den Händen von der ungewohnten Arbeit mit der Spitzhacke verspürte, genoss er die Freiheit und die fehlenden Ängste, die mit dem Leben im Berg verbunden waren im Vergleich zu seiner früheren Pflicht als Wiederaufbereiter auf Navar. Bolgar hatte ihm einen unvergesslichen Satz mitgegeben.

"In der Tiefe der Berge liegt die wahre Schönheit, verborgen vor den Augen des Planeten."

Seit ihrer Ankunft auf Thalara lebte Dion zusammen mit seiner Schwester und Mali im Berg und sie mieden die rote Sandwüste.

Der Berg gab ihnen Schutz vor der Sonne und vor den Regolus. Mali hatte mittlerweile den Posten als einer der Torwächter angenommen und machte sich große Sorgen um seinen Freund Salvaato, der schon viel zu lange weg war. Hoch oben auf dem Berg über dem riesigen Eingangstor wartete Mali auf die Rückkehr der drei Tynker, die zum Jagen mit Beginn der Helligkeit den Berg verlassen hatten. Tara hingegen war weniger beschäftigt. Sie half zwar hier und dort aus, aber die strikte Geschlechtertrennung bei den Tynkern gefiel ihr überhaupt nicht. Sie hätte lieber im Berg Gestein oder Erze abgebaut oder mit den drei Tynkern zum Jagen den Berg verlassen, aber es war ihr untersagt worden. Auch sie war besorgt über die lange Abwesenheit von Salvaato und Shana, die sie besonders mochte, und teilte die Sorgen der anderen. Mali, der kurz eingenickt war, schreckte hoch, als die Glocke läutete. Die drei Tynker waren also von der Jagd zurück. Er beugte sich über die Brüstung und hätte fast im selben Moment den großen Hebel zum Öffnen des Tores bewegt, als er erkannte, dass dort unten nicht die drei erwarteten Tynker standen, sondern eindeutig zwei Regolus und zwischen ihnen ein Mani. Mit der nächsten Bewegung griff er nach dem großen Horn, das an der Felswand hing, und blies hinein um dadurch die Tynker zu alarmieren. „Was wollt ihr?", schrie er in die Tiefe hinab. „Wir wollen zu eurem Anführer!", rief einer der Regolus nach oben. Mali schwieg. Wenige Momente später erschien Bolgar auf dem Ausguck und schaute wortlos über die Brüstung nach unten.

„Die wollen mit dir sprechen.", entgegnete Mali.

„Das die es überhaupt noch wagen einen Fuß auf unseren Planeten zu setzen ... Öffne das Tor", murmelte Bolgar und verließ den Ausguck. Mali betätigte den großen Hebel und als sich das Tor geöffnet hatte, trat eine Horde bewaffneter Tynker aus dem Berg heraus und stellten sich den drei Fremden in den Weg. Die Reihe der Tynker öffnete sich in der Mitte und Bolgar trat aus ihr hervor. Jetzt ging der Mani auf Bolgar zu und blieb vor ihm stehen

„Ich bin Senara und suche zwei Mani. Sollten sie bei euch Zuflucht gefunden haben, fordere ich euch auf, sie an uns zu übergeben."

Bolgar zog seinen gesamten Rotz aus der Nase hoch und spuckte ihn in den roten Sand direkt vor ihre Füße. „Verlasst unseren Planeten." Die beiden Regolus griffen zu ihren Waffen doch Senara unterbrach ihr Vorhaben mit einer kurzen Handbewegung. Bolgar drehte sich um und ging zurück in den Berg, einen Moment später folgten ihm seine Krieger, das Tor setzte sich knarrend in Bewegung und schloss sich vor den Augen von Senara und den zwei Regolus.

Das Muttermal

Die Tür der alten Hütte öffnete sich langsam und die Heilerin trat heraus. Ihr blutverschmierter Umhang war deutlich sichtbar, als sie sich die Hände an einem Tuch abwischte. Die Dorfbewohner hatten sich um die Hütte versammelt, zusammen mit den drei Alys und Salvaato. Reni, Hora und Shana gingen auf die Heilerin zu, in der Hoffnung, Anzeichen dafür zu erkennen, dass sie Elar helfen konnte. Die Heilerin sah die Drei an und sprach „Ihr könnt jetzt zu ihm." Sie schauten sich an und folgten kurz darauf der alten Alys in ihre Hütte. Der Raum war spärlich eingerichtet mit vielen Nischen in den Wänden in denen sich Töpfe mit zahlreichen Kräutern befanden, deren angenehmer Duft sich in ihren Nasen verbreitete. In einer Ecke befand sich eine einfache Feuerstelle, auf der ein Kessel vor sich hin brodelte. Elar lag in der Mitte des Raumes auf einem Tisch der mit Tierfellen bedeckt war und schien zu schlafen. Reni, Shana und Hora stellten sich um den Tisch.

„Ihr kamt gerade noch rechtzeitig, und es war richtig, dass ihr ihn zu mir gebracht habt."

„Wie geht es ihm?", fragte Reni und streifte Elar durch sein Haar.

„Er war bereits ein Vonunsgehender ... er hat viel Blut verloren und er wird viele Helligkeiten brauchen um wieder vollständig zu Kräften zu kommen."

„Wie hast du das geschafft, Heilerin? So eine Wunde überlebt niemand", hakte Shana nach.

„Mit der Hilfe der uralten Magie der Alys", entgegnete die Heilerin.

„Also stimmt die Legende", stellte Hora fest, „Warum lebst du auf Ogore?"

Auf einmal verlor die Heilerin ihre Fassung „Warum habt ihr mir nicht gleich gesagt, wer dieser Junge ist?" Die Drei schauten sich verwundert an und im selben Moment legte die

Heilerin ihre linke Schulter frei. Reni erkannte sofort das Muttermal, welches sie schon so oft bei Elar gesehen hatte.

„Wer bist du?"

„Ich bin Calista, die Blutschwester von Rana." Für einen kurzen Moment wurde es still. Reni konnte nicht anders und nahm Calista fest in die Arme „Du bist Elar's Tante."

„Elar ... ein schöner Name Blutschwester", flüsterte Calista vor sich hin.

Reni löste sanft ihre Umarmung. Calista ging zum Kessel „Nehmt bitte Platz. Ich erzähle euch meine Geschichte." und kam mit vier gefüllten Bechern zurück.

Es war vor vielen Helligkeiten, als ich noch auf Navar lebte, an der Seite meiner Schwester Rana. Das Leben auf Navar war entspannt, seine Bewohner waren glücklich und das Bündnis der Drei lebte in Frieden. Doch alles änderte sich für mich, als ich bei einer

Helligkeit allein durch den Wald streifte und von einer mir fremden Alys überfallen wurde. Sie war schnell und geschickt im Kampf, wusste, wer ich bin und zwang mich zu Boden. Ich versuchte mich zu befreien doch sie nahm eines ihrer krallenförmigen Messer und zerstach damit meinen rechten Flügel und ich verlor meine Fähigkeit zu fliegen. Die Alys ließ von mir ab und verschwand im Wald. Ich erinnerte mich an einen nahegelegenen geheimen Wegpunkt, schwerverletzt und mit letzter Kraft schleppte ich mich dorthin und fand mich in einem mir unbekannten Waldstück wieder und brach zusammen. Als ich erwachte, lag ich in dieser Hütte, genau dort wo jetzt Elar liegt, umgeben von mehreren Chebrakas die meine Wunde notdürftig versorgt hatten. Als ich erfuhr, dass Rana getötet wurde und die Regolus den Planeten übernommen hatten, entschied ich mich auf Ogore zu bleiben, denn hier war ich in Sicherheit.

Zwei Fallen

Tara saß am großen Tisch in Bolgars Hütte und hatte ihren Kopf in beide Hände gestützt. „Ich langweile mich Bolgar, hast du nicht eine andere Aufgabe für mich, die mir Spaß machen würde?"

Bolgar schaute sie an „Ich finde es toll, dass du dich als unser Gast hier in die Gemeinschaft einbringen willst, aber Arbeit und Spaß, da wird es schwierig. Wir Tynker arbeiten hart und jeder hat seine Aufgabe. Ich fürchte, ich kann dir nicht helfen. Malis Schwert schmiedet sich nicht von alleine, also wenn das alles war?"

Bolgar ging zur Tür, öffnete sie einen Spalt und drehte sich dann zu Tara um. „Wenn du Lust hast, könntest du morgen mit dem Beginn der Helligkeit, mit zwei Tynkern auf die Jagd gehen. Dann siehst du mal etwas Neues und ein wenig Abenteuer ist auch immer dabei."

Tara schaute auf, lächelte Bolgar an. „Danke!"

„Ich hätte da noch eine Idee ...“

Bolgar schloss die Tür und setzte sich zu Tara an den Tisch.

* * *

Obwohl Bolgar deutlich zu verstehen gegeben hatte, dass Senara den Planeten der Tynker verlassen solle, hatte diese sich ganz in der Nähe des Tynkerberges mit ihren zwei Regolus in einer Höhle versteckt, die sie vor der Hitze schützte und aus der sie einen Blick auf den Eingang des Berges hatte. Es war mit Beginn der Helligkeit, als zwei bewaffnete Tynker den Berg verließen und in ihrer Mitte ein kleines Mädchen ging. Senara erkannte sofort, dass es Tara war und sie rieb sich vor Freude die Hände. In einem sicheren Abstand folgten sie der Gruppe, die tief ins Gebirge eindrang. Tara war begeistert über den Anblick der mächtigen Berge. Die zwei Tynker waren erfahrene Jäger die ihre Beute schnell aufspüren und erlegen konnten. Schnell hatten sie ihre Vorräte zusammengetragen, die hauptsächlich aus Kralaks und Garnoks bestand, großen, skorpionartigen und massiven, wurmähnlichen Kreaturen, sowie einer riesigen Slythara, einem schlangenartigen Wüstenbewohner. Die Tynker fühlten sich wohl in der Gesellschaft von Tara und boten ihr an sie bei ihrer nächsten Jagd erneut zu begleiten. Zufrieden machte sich die Gruppe auf den Rückweg. Gerade als sie um einen großen Felsen bogen, stand plötzlich Senara mit ihren zwei Regolus Kriegern vor ihnen.

„Ich hatte es mir schwerer vorgestellt dich zu finden Tara!"

Die Regolus zogen ihre Schwerter und standen kampfbereit vor den Dreien. „Ich werde das Mädchen jetzt mitnehmen und ihr kehrt zurück in euren Berg und liefert mir den Jungen aus, ansonsten töte ich die Kleine!"

Tara lachte plötzlich laut los.

„Dachte ich mir doch, dass du meiner Aufforderung nicht folgen wirst."

Senara drehte sich um und hinter ihr stand Bolgar mit zehn seiner Krieger.

„Legt die Waffen nieder!", forderte er die Regolus auf. Einer der Regolus zögerte, überblickte kurz die Situation und stürzte auf Bolgar los, der ohne eine Miene zu verziehen stehen blieb. Kurz bevor die Spitze der Klinge die Brust von Bolgar durchstechen konnte, brach der Regolus vor ihm zusammen und landete vor seinen Füßen im roten Sand. Jetzt konnte man deutlich die Axt, die in seinem Hals steckte, erkennen, die einer der Jäger geworfen hatte. Bolgar stieg über den toten Regolus hinweg, ging direkt auf Senara zu und schaute ihr tief in die Augen. „Deinen anderen Krieger werde ich ziehen lassen, obwohl zwei Regolus weniger auch schon mal zwei weniger wären. Aber einer muss ja Gor meine Botschaft überbringen und da ist ein Regolus sicherer. Für dich, du verlogenes Weib, werde ich in unserem Berg eine gute Arbeit finden und ich rate dir noch einmal tief die Luft hier auf Thalara einzuatmen, denn du wirst unseren Berg nie wieder verlassen."

Ungehorsam

Ivander richtete sich auf, bog den Rücken durch und stützte sich auf den Stiel seines Spatens. Er blickte auf seinen Acker, auf dem er seit einigen Helligkeiten versuchte, den trockenen Boden aufzulockern, damit das Regenwasser auch die Wurzeln seiner Pflanzen erreichen konnte. Der Wind hatte aufgefrischt und trug dazu bei, dass der Boden noch mehr austrocknete. Er wusste, dass auch diese Ernte auf dem Markt von Navar nicht genügend einbringen, und Gor zufrieden stellen würde. Die Lage seines Feldes war nicht gut, das Problem hatten schon sein Vater und dessen Vater vor ihm. Das Feld seines Nachbarn lag besser, ein Wäldchen schützte es wenigstens vor dem Wind. Ivander blickte auf die Schwielen an seinen Händen, die sich durch die harte Arbeit gebildet hatten. Er wollte sich eine kleine Rast gönnen und ließ seinen Blick über die Landschaft schweifen, als plötzlich das Vogelgezwitscher verstummte und er das Gefühl hatte, dass auch der Wind aufgehört hatte zu wehen. Verunsichert drehte er sich um und sah zwei Regolus hinter sich stehen. Ihm war klar, dass dieser Besuch nichts Gutes zu bedeuten hatte. Als über ihm das Geräusch von schlagenden Flügeln ertönte, wuchs seine Angst. Mit einem starken Aufprall landete eine Alys direkt vor ihm auf dem Boden, dabei wirbelten Staub und kleine Steine in die Luft. Langsam richtete sie sich in ihrer ganzen Größe auf und schaute auf Ivander herab. „Du bist Ivander?" Er nickte und versuchte immer noch herauszufinden, warum diese Alys mit zwei Regolus hier auftauchte.

„Trockene Felder, enttäuschende Erträge – du hast versagt, Bauer. Der Riag ist nicht zufrieden mit deiner Leistung." sprach sie scharf. Diese Worte trafen ihn tief und Ivander spürte wie sein Herz schneller schlug. Eine Alys, die für Gor sprach? Trotzdem nahm er all seinen Mut zusammen und fragte verängstigt. „Wer bist du?"

„Ich bin Lyanna", sprach sie mit kalter Entschlossenheit. Sie trat einen Schritt näher, ihre Augen funkelten bedrohlich. „Deine

Ernte war schwach, doch anstatt uns deinen Verlust aufzubürden, werden du und dein Weib die Schuld begleichen. Sie wird mit uns nach Navar kommen, um dem Riag zu dienen. Nur so wirst du lernen, bessere Erträge zu erbringen."

Ivander sank auf die Knie, faltete seine Hände und sah zu Lyanna auf „Nicht mein Weib, bitte nicht mein Weib. Sie kann nichts dafür, dass meine Ernten nicht genug abwerfen. Sperrt mich ein, aber lasst mein Weib bei mir!"

„Wenn wir dich einsperren, wird auf diesem Feld überhaupt nichts mehr geerntet, das würde nur noch mehr Verlust bedeuten."
Lyanna drehte sich zu den Kriegern um und deutete mit einer Kopfbewegung in Richtung der Hütte.

„Bitte!" Jetzt warf Ivander sich komplett auf den Boden, robbte langsam auf Lyanna zu, umklammerte ihr linkes Bein und schaute zu ihr auf. „Ich verspreche noch härter zu arbeiten, aber bitte nehmt sie nicht mit nach Navar!" Durch einen kräftigen Tritt in die Seite seines Körpers löste Lyanna die Umklammerung und Ivander rollte über seinen Acker. Mit schmerzverzerrtem Gesicht öffnete er die Augen und musste mit ansehen, wie die Regolus sein Weib aus der Hütte führten. Sie hielt den Kopf gesenkt, schaute kurz auf und sah Ivander auf dem Boden liegend an.

In Ungnade

Gor schlug mit beiden Fäusten auf den Tisch und schrie. „Eine Aufgabe! Ihr hattet eine, einzige, Aufgabe!" Brüllte er wütend. „Zu dumm um ein kleines, schwaches Mani Mädchen zu fangen ... du bist ein Regolus! Wir siegen oder wir sterben! Und du siehst zu wie einer von uns vor deinen Augen getötet wird und lässt dein Schwert schweigen? Dann besitzt du auch noch die Respektlosigkeit mir unter die Augen zu treten. Du wirst für dein feiges Verhalten büßen!" Rief Gor mit glühenden Augen. Jetzt zog er sein mächtiges Schwert hinter seinem Rücken hervor und richtete es auf den Regolus „Auf die Knie!" In der Erwartung seines Todes sank der Regolus reumütig mit dem Blick auf den Boden gerichtet nieder. Kurz bevor Gor seinen tödlichen Schlag vollstrecken konnte, spürte er Lyannas Hand auf seiner Schulter „Ich hätte einen besseren Vorschlag, wie man diesen Feigling bestrafen sollte. Der Tod wäre zu milde für einen solchen Verrat." Gor ließ sein Schwert sinken und blickte über seine Schulter in ihre Augen „Er soll zurück nach Thalara zu den Tynkern und als Entflohener Bolgars Vertrauen gewinnen. Damit wir einen Angriff planen können, um das Volk der Tynker zu vernichten."

„Was ist, wenn er uns in den Rücken fällt und die Seiten wechselt?"

„Er hat Frau und Kinder hier auf Navar, ein weiterer Verrat würde ihr Leben kosten."

Die Zusammenkunft

„Du scheinst dich hier oben sehr wohl zu fühlen, mein Großer".

Mali lächelte „Stimmt. Hier habe ich meine Ruhe und genieße die Aussicht. Was hast du da?" Bolgar hielt einen größeren, in Stoff eingewickelten Gegenstand in seinen Händen. „Das ist eine Überraschung für dich Mali. Du hast mir vor einigen Helligkeiten erzählt, dass du dein altes Schwert in Navar zurücklassen musstest und ich habe dir ein Neues geschmiedet. Schau!" Bolgar schlug das Tuch auf und zeigte Mali sein neues Schwert. Es strahlte eine unwiderstehliche Schönheit aus. Das glänzende Metall der Klinge reflektierte das Licht auf faszinierende Weise, während die sorgfältig angebrachten Verzierungen das Auge des Betrachters verzauberten. Die scharfe, saubere Linie der Klinge verlieh dem Schwert eine elegante Form, die zugleich kraftvoll und anmutig wirkte. Mali war von diesem Schwert überwältigt. Nie zuvor hatte er ein solches besessen. Er nahm das Schwert aus Bolgars Händen, hielt es hoch in die Luft und ließ es tanzen.

„Dieses Schwert ist einmalig."

Bolgar nickte zufrieden. „Es gibt viele gute Schmiede unter uns Tynkern, schließlich lebt unser Volk von dieser Arbeit. Wir stellen überwiegend Werkzeuge und Waffen für das Bündnis her, aber seit der Machtübernahme der Regolus können wir uns nicht mehr auf den Planeten zeigen und Handel betreiben. Doch die Schmiedekunst der Tynker ist weit verbreitet, wodurch wir auch Besucher aus anderen Galaxien bekommen, die ungewöhnliche Gegenstände, Pflanzen oder Unnützes mitbringen. Aber es geht doch nichts über einen guten Tausch!" lachte Bolgar. Kaum hatte er den Satz ausgesprochen, läutete die Glocke neben ihnen. Mali und Bolgar sprangen fast gleichzeitig auf die Brüstung und schauten hinunter. Die Freude in ihren Gesichtern war groß, denn unten standen Salvaato, Shana und Hora. Beide rannten die lange Treppe hinunter, nachdem Mali den Hebel umgelegt hatte, um das Tor zu öffnen. Unten angekommen umarmten sich die Fünf und verschwanden im Eingang des Berges. In Bolgars Behausung gab es viel zu erzählen, und auch Dion und Tara waren dazu gekommen. Hora erzählte die Geschichte von Elar, von dem Überfall der Regolus und der schweren Verletzung die er davon getragen hatte. Von der Reise nach Ogore, der Begegnung mit den Chebrakas und von Calista der Heilerin und Blutschwester von Rana.

„Wie geht es Elar?", unterbrach Tara besorgt.

„Es geht ihm gut, seine Wunden heilen schnell. Dennoch haben wir gemeinsam entschieden den Jungen auf Ogore zu lassen, da er dort in Sicherheit ist."

„Warum ist Reni nicht bei euch?", fragte Tara etwas traurig.

„Sie entschied sich ebenfalls auf Ogore zu bleiben, um die uralte Magie der Heilung von Calista zu erlernen"

„Es gibt keinen Grund für dich traurig zu sein, Tara, ich erzähle euch mal wozu so ein kleines Mani Mädchen imstande ist." Bolgar berichtete vom Besuch der Regolus und voller Stolz von seiner Idee und der Gefangennahme Senaras.

„Ohne Taras Mut hätte unsere Falle nicht funktioniert. In ihr schlägt ein echtes Tynkerherz."

Tara errötete ein wenig.

„Was habt ihr mit Senara vor, wollt ihr sie wirklich hier gefangen halten? Ich weiß, dass sie eine Verräterin ist aber auch was Gefangenschaft bedeutet und ich finde das dies eine zu harte Strafe ist", wandte Hora ein.

Bolgar setzte seinen Becher ab „Ob eine Bestrafung bei uns zu hart ist oder nicht, entscheide immer noch ich! Die Arbeit bei uns im Berg wird der Verräterin nicht schaden und gibt ihr die Möglichkeit über ihre Taten nachzudenken."

Auf Thalara brach die Dunkelheit herein und in der Behausung von Bolgar machte nach vielen weiteren Erzählungen der Moruqkrug die Runde, bis jeder in irgendeiner Ecke eingeschlafen war.

Es klopfte sehr laut an Bolgars Tür, sodass fast alle gleichzeitig erwachten. Schwerfällig richtete sich Bolgar auf und öffnete seine Tür. Draußen stand Dervan, einer seiner Krieger.

„Ein Hokiri Bauer will mit dir reden. Er steht vor dem Tor."

Die Hokiri sind ein eng befreundetes Volk der Tynker und von daher war es für Bolgar selbstverständlich mit dem Bauern zu reden.

„Ich werde gleich zu ihm kommen, richte ihm das aus." gab er Dervan mit auf den Weg. Bolgar sagte den anderen Bescheid und setzte sich in Bewegung. Als er unten ankam, erkannte er den Hokiri sofort. „Ivander! Was führt dich denn zu uns?"

„Ich brauche deinen Rat und deine Hilfe Bolgar. Vor einigen Helligkeiten waren zwei Regolus mit einer Alys bei mir und haben aufgrund meiner schlechten Ernte, mein Weib mit nach Navar genommen. Sie soll dort für Gor arbeiten, um die Verluste meiner Ernte wieder einzubringen. Du weißt, ich arbeite hart und als die Regolus noch nicht die Macht in unserer Galaxie übernommen hatten, konnte ich mit dem, was ich geerntet hatte, gut leben und sogar einen Teil auf dem Markt verkaufen. Jetzt geht mein gesamter Ertrag an Gor und selbst das ist ihm zu wenig. Wie ich mittlerweile erfahren habe, bin ich nicht der einzige Hokiri dessen Weib mitgenommen wurde. Ich weiß nicht weiter Bolgar. Dein Volk ist mächtig und stark und die Regolus trauen sich nicht hier her, mein Volk aber leidet wie auch die Mani auf Navar.“

Bolgar nickte still und schlug dann vor, mit ihm zu kommen, da er gerade Besuch von guten Freunden habe und man vielleicht gemeinsam eine Lösung finden könne. Als sie dort angekommen waren, setzten sich alle an den großen Tisch und Ivander erzählte seine Geschichte erneut.

„Du hattest mir doch was von einer Alys in Begleitung der Regolus erzählt."

„Richtig, sie schien die Anführerin zu sein"

„Shana, weißt du etwas über eine solche Alys?" Verwundert schaute Shana zu Bolgar

„Eine Alys in den Reihen der Regolus? Das ist nicht möglich."

Es wurde ruhig in der Runde, man spürte zwar die Wut aller, doch keiner meldete sich zu Wort, bis Tara sich erhob „Ich habe mich schon immer gefragt, warum sich das Bündnis der Drei nicht gegen die Macht der Regolus gewehrt hat. Die Tynker sind ein mächtiges Volk und haben es geschafft, die Angriffe der Regolus auf Thalara zu zerschlagen. Die Hokiri sind zwar keine Krieger, aber bestimmt das größte Volk in dieser Galaxie und bereit für das Bündnis zu kämpfen", ihr Blick richtete sich auf Ivander, der zustimmend nickte. „Und wo sind all die überlebenden Alys?" Danach war es wieder für eine Weile still. „Du hast die richtigen Worte gewählt Tara, und wie Bolgar bereits sagte, bist du ein mutiges Mädchen. Das Bündnis der Drei wurde gegründet, um gemeinsamen Handel zu betreiben und Kontakte zu anderen Galaxien und ihren Planeten zu knüpfen. Dass man unser Bündnis angreifen und uns die Macht entziehen könnte, daran hatten wir nie gedacht. Daher musste jeder Planet und jedes Volk mit seinem eigenen Schicksal fertig werden. Das Bündnis ist gescheitert, aber nicht verloren. Ich weiß nicht, wo sich meine Schwestern befinden und wer diese Alys ist, die anscheinend zu den Regolus übergelaufen ist", sprach Hora. Mali kratzte sich nachdenklich am rechten Ohr. „Ich wäre bereit, in einer kleinen Gruppe zu den Duafacis zu reisen."

„Ich komme auch mit", schloss sich Shana an. „Wenn wir wirklich diesen Weg gehen wollen und uns für einen Krieg gegen Gor entscheiden, sollten alle die hier am Tisch sitzen auch dazu bereit sein."

Die uralte Magie

Vorsichtig legte Calista die Blätter der Nephilimpflanze auf Elars Wunde und platzierte ihre Hände übereinander mit leichtem Druck auf diese. Danach schloss sie ihre Augen und flüsterte wiederholt Worte der alten Sprache der Alys. Nun geschah etwas, was Reni noch nie zuvor gesehen hatte.

Ein sanftes, schimmerndes Licht umhüllte Calistas Hände. Das Leuchten, das von ihren Fingerspitzen ausging, schien einen eigenen Rhythmus zu haben, pulsierend und lebendig, als wäre es im Einklang mit Elars Herzschlag. Mit jedem geflüsterten Wort der alten Sprache verband sich das Licht mit der Essenz der Pflanze und entlockte ihr die heilenden Kräfte. Der heilende Saft, der aus den zarten Adern der Blätter trat, war von einer zähflüssigen Konsistenz und schimmerte in einem tiefen Smaragdgrün. Er schien nicht nur die Wunde zu berühren, sondern auch über die Haut hinaus zu arbeiten, als würde er Elars innerstes Wesen erreichen. Reni konnte förmlich spüren, wie die magische Energie im Raum pulsierte, eine unsichtbare Welle, die sich um sie herum ausbreitete und selbst die Luft mit Wärme und Hoffnung erfüllte. Mit zuckenden Lidern öffnete Calista langsam ihre Augen, löste ihre Hände von der Wunde und atmete schwer aus. Reni konnte deutlich erkennen, dass sich die Wunde noch weiter geschlossen hatte und blickte Calista erstaunt an. „So etwas habe ich noch nie gesehen, ich kann mir nicht vorstellen diese Fähigkeit jemals zu erlernen."

„Ich habe dir nicht ohne Grund erlaubt hier zu bleiben, ich spüre die Energie in dir, die benötigt wird, um die uralte Magie zu erlernen."

Reni schwieg verlegen.

„Aber es ist ein langer Weg. Zuerst werde ich dich in die Lehre der Pflanzen einweihen, die wir für die Heilung nutzen." Zusammen begaben sie sich bei der nächsten Helligkeit in die Tiefen des Waldes. Auf dem Weg dorthin erklärte Calista Reni, dass die Heilung nicht nur physisch, sondern auch spirituell ist.

„Schau hier!" Calista zeigte auf eine Moosfläche „Grünes Moos deutet auf den Lebensraum der Mondlichtblüte hin, aus der eine Salbe gewonnen werden kann, die entzündungshemmend wirkt."

Vorsichtig bewegte sie sich auf einen Strauch zu und schob seine Äste auseinander. Zum Vorschein kam eine lila-weiße Pflanze mit zarten Blättern. „Ein wunderschönes Exemplar der Mondlichtblüte. Sie sucht Schutz in Sträuchern und Büschen vor dem Sonnenlicht und leuchtet während der Dunkelheit im Licht des Mondes in voller Pracht."

Reni stellte sich zu Calista und betrachtete die Pflanze.

„Nur ein paar Schritte von hier, finden wir Feuergras. Eine Pflanze, die warme Plätze wie offene Lichtungen braucht um zu wachsen. Es wird für die Herstellung von Tee genutzt der den Körper entgiftet." Während sie ihren

Weg fortsetzten, erklärte Calista, wie wichtig es sei, im Einklang mit der Natur zu leben und sich um die Pflanzen zu kümmern die uns mit ihrer Heilkraft versorgen. Als sie einen kleinen Bach erreichten, zeigte Calista Reni den unter Wasser wachsenden auffälligen Saphierquell, dessen Kraft geschädigtes Gewebe heilt und Parasiten vernichtet. Zu guter Letzt, nachdem Calista Reni noch einige andere Pflanzen gezeigt und erklärt hatte, standen sie vor einer Nephilimpflanze, Reni erkannte sofort die Form ihrer Blätter. „Ist das etwa ...“

„Richtig, die Pflanze die ich für Elars Heilung nutze. Doch jetzt bin ich etwas erschöpft.“ Calista lehnte sich gegen einen Baum und schloss für einen Moment die Augen. „Die uralte Magie, die in diesen Pflanzen wohnt, erfordert nicht nur Wissen, sondern auch ein tiefes Verständnis für die Balance der Natur“, murmelte sie nachdenklich. „Es ist ein Geschenk, das wir bewahren müssen.“ Reni nickte, ließ ihren Blick über die sanft im Wind wiegenden Blätter schweifen. „Und Elar? Warum spricht er nicht mehr? Ich habe das Gefühl, dass ihn etwas belastet. Es ist, als ob seine Stimme mit seiner Trauer verstummt ist." sprach Calista weiter. Renis verträumter Blick veränderte sich schlagartig und sie sah Calista tief in die Augen. „Der Verlust seiner Mutter hat ihn schwer getroffen. Elar musste mit ansehen wie sie ermordet wurde. Wir mussten fliehen, um ihn in Sicherheit zu bringen. Oft können Worte die Trauer nicht erfassen. Er trägt eine Last, die zu schwer für ihn ist, um sie auszusprechen. Ich frage mich, ob die uralte Magie auch sein gebrochenes Herz heilen kann."

„Heilung erfordert Zeit und Geduld", antwortete Calista. „Wir können ihn nicht zwingen zu sprechen aber wir können ihm zeigen, dass er nicht allein ist. Indem wir die uralte Magie nutzen und vielleicht führen wir ihn dadurch wieder näher zu sich selbst."

„Ich verstehe ... wir müssen ihm beistehen", erwiderte Reni. „Vielleicht durch die Pflanzen und die Heilung kann er einen Weg finden, sich auszudrücken."

Calista lächelte sanft. „Genau. Lass uns geduldig sein, während wir ihn unterstützen. Er muss seinen eigenen Weg finden, um mit der Trauer umzugehen. Manchmal geschieht Heilung in den stillen Momenten, in denen man die Natur atmen hört und die Kräfte um sich herum spürt. Lass uns nicht nur Elars Wunde heilen, sondern auch seine Seele."

Reni schaute zu den sanften Wellen des Baches, die leicht über die Steine plätscherten. In diesem Augenblick fühlte sie ein tiefes Verständnis für die Bedeutung der Lehren, die Calista ihr vermittelte. „Wir sollten wieder zu Elar zurückkehren."

„Eine gute Entscheidung", sprach Calista und folgte Reni. „Und vergiss nicht, dass du auch mit der uralten Magie in dir beginnen kannst. Elar wird sie spüren, und vielleicht wird seine Stimme wieder zu uns finden." Gemeinsam machten sie sich auf den Weg zurück.

Auf mühsamen Wegen

Auch Tara hatte beschlossen, sich gemeinsam mit Mali und Shana auf den Weg nach Gna zu machen, um das Volk der Duafacis zu überzeugen, an ihrer Seite gegen Gor zu kämpfen. Leider war der einzige Wegpunkt, der dorthin führte auf Zandor zu finden und es gab auch keine geheimen Wege, auf die sie hätten ausweichen können. Ihnen stand also eine lange Reise bevor. Auf dem Weg nach Zandor begegneten sie immer wieder fremden Wesen. Besonders für Shana, die das Reisen nur noch über die geheimen Wege kannte, war es ein ungewohntes Bild. So trafen sie auch auf ältere Regolus, die sich erst jetzt dazu entschieden hatten ihren Planeten zu verlassen. Obwohl sie sich ihnen gegenüber nicht feindselig zeigten, lösten diese Begegnungen immer eine innere Anspannung in der Gruppe aus. Um auf einen unerwarteten Kampf vorbereitet zu sein, hatten Mali und Shana immer eine Hand an ihrer Waffe. Gerade, als die drei sich umschauten, erregte ein seltsamer Händler ihre Aufmerksamkeit. Er stellte sich mit dem

Namen Zorak vor, vom Planeten Glimerra. Ein bizarr anziehendes Wesen, dessen Äußeres wie fließendes Metall schimmerte. Seine großen, leuchtenden Augen erinnerten an kleine Monde und schienen die Geheimnisse des Universums in sich zu bergen.

„Willkommen, Reisende! Was sucht ihr auf dem Weg nach Zandor?" fragte Zorak mit einer zischenden Stimme. Mali, der Neugierigste der Drei, trat einen Schritt vor. „Wir sind auf dem Weg zum dunklen Planet und wollen einige Vorräte auffüllen. Was hast du im Angebot, Zorak?"

Mit einem breiten Grinsen, das fast sein ganzes metallisches Gesicht einnahm, deutete Zorak auf eine Reihe von Regalen, die mit den merkwürdigsten Objekten überladen waren. „Ich verkaufe die Wunder des Universums! Von schwebenden Kristallen aus den Wolken von Telluris bis hin zu geheimnisvollen Stoffen aus den tiefen Gruben von Zyphoria!"

Tara, die von einem leuchtenden, grünen

Gegenstand fasziniert war, fragte „Was kann dieser hier?"

„Ah, ein Synox! Dieser hat die Macht, fantasievolle Träume hervorzurufen – perfekt für jeden, der Inspiration sucht", erwiderte Zorak mit einem wissenden Nicken.

Mali erkannte in diesem Moment den Händler wieder. Es war derselbe Händler, der ihm seinen Synox auf dem Marktplatz von Navar verkauft hatte. Um des Friedens willen beschloss er zu schweigen und war froh, dass Salvaato nicht in der Nähe war.

„Und was ist mit diesen kleinen Gläsern?", fügte Tara hinzu, als sie einige funkelnde Fläschchen entdeckte. Zoraks Augen leuchteten auf. „Das sind die Elixiere des Verstehens! Ein Schluck, und ihr werdet für eine kurze Zeit die Sprachen aller Lebewesen im Universum verstehen."

Shana sah verwundert zu den beiden, als sie deutlich die Begeisterung von Tara und Mali für die Waren des Händlers bemerkte.

„Was verlangst du für den Prismakristall und ein Fläschchen des Verstehens?", fragte Tara.

„Der Wert der Zufriedenheit ist unbezahlbar! Ein kleines, kostbares Stück aus eurem eigenen Leben – euer Lieblingsstück, das ihr bereit seid, für diese Erfahrung zu opfern", antwortete der Händler.

Nach einem kurzen Moment des Überlegens zog Mali den Synox aus seiner Manteltasche. Alle schauten zunächst den Synox und dann Mali an. „Du besitzt einen Synox?", fragte Tara überrascht.

„Du bist ein Betrüger, Zorak! Du hast mir auf dem Markt von Navar genau diesen Gegenstand verkauft, nur hast du mir seine Kraft anders beschrieben als bei dem Synox, der dort im Regal steht!"

„Ein Synox ist nicht wie der andere", erklärte der Händler mit leuchtenden Augen. „Dieser hier hat die Macht, kreativitätsfördernde

Träume hervorzurufen. Dein Synox hingegen hat die Kraft ...... Was hatte ich dir gesagt, welche Kraft er hat?"

„Wenn du traurig bist, kann er dir Freude bringen, hast du mir erzählt!"

„Oh, dann habe ich dir einen besonders wertvollen Synox verkauft", zischte Zorak.

Mali umfasste mit einer Hand sein Kinn und dachte nach.

„Jeder Synox hat also seine eigenen magischen Eigenschaften und Fähigkeiten, die ihn einzigartig machen", murmelte er vor sich hin.

„Ich mache dir ein Angebot, dein Metallarm wäre ein angemessener Wert für diesen kraftvollen Synox. Aber, weil wir alte Freunde sind, gebe ich ihn dir allein für den Dolch, den du da unter deinem Mantel trägst." bot er Mali an.

Shana musste mit Schrecken mitansehen wie

Mali ohne zu zögern den Dolch unter seinem Mantel hervorholte und vor sich auf den Tisch des Händlers legte. Zorak griff nach dem Dolch und ließ ihn unter seinem Tisch verschwinden. Dann drehte er sich zum Regal, nahm den Synox und wandte sich wieder Mali zu „Da hast du ein gutes Geschäft gemacht mein Freund. Und für dich Manimädchen, hab ich noch ein Fläschchen von dem Elixier des Verstehens als Geschenk!" Mit verwundertem Blick nahm Tara das gelblich leuchtende Fläschchen entgegen und hielt es fest in ihren Händen.

„Wir sollten unsere Reise jetzt fortsetzen. Ihr habt genug Zeit mit diesem Scharlatan verschwendet." sprach Shana mit ernstem Ton. Schon bald danach durchschritten die Drei das Nebeltor und befanden sich auf Zandor. Der Planet, der einst als blühender Ort mit üppigen Landschaften, tiefblauen Seen und dichten Wäldern bekannt war, ist heute ein Schatten seiner selbst. Sein sonst so fruchtbarer Boden ist von graubraunem Staub bedeckt, der sich wie ein trauriger Schleier über die Landschaft gelegt hatte. Wo einst grüne Wiesen blühten, erstrecken sich nun leere, karge Flächen, durchzogen von trockenem, rissigem Boden. Die ehemals lebendigen Wasserquellen sind zu schlammigen, stinkenden Wasserlachen verkommen, die den Verfall nur noch verstärken. Die wenigen verbliebenen Regolus sind gebrochen und erschöpft, unfähig ihren Planeten zu verlassen. Sie wandern die öden Wege entlang, die inzwischen von einer düsteren Stille erfüllt sind. Ihre Gesichter sind von der Zeit und der Verzweiflung gezeichnet, ihre Körper tragen die Spuren eines Lebens voller Entbehrungen und Leiden. Entlang der Wege liegen die Skelette ihrer gefallenen Artgenossen - Überreste einer vergangenen Blütezeit.

In der Nähe der wenigen verbliebenen Lebensräume lagen verweste Körper, die sich in einem letzten Versuch, ihre Existenz zu retten, in den Boden eingegraben haben.
Die Atmosphäre hatte sich verändert. Die sonst so reine Luft ist drückend und schwefelhaltig. Der Himmel ist oft von grauen Wol-

ken bedeckt, die das Sonnenlicht filtern und den ganzen Planeten in ein düsteres, unheimliches Licht tauchen. Alte Ruinen zeugen von vergangenen Zivilisationen, die sich der Zerstörung zu widersetzen versuchten. Doch die Erinnerungen an bessere Zeiten schwebten in der Luft, kaum greifbar und doch unerreichbar, während Zandor weiter in den Abgrund stürzte. Ein trauriges Relikt der Vergangenheit, auf dem die Hoffnung zu einer fernen Legende geworden ist. Um ihre Reise nach Gna so schnell wie möglich fortzusetzen, begaben sie sich auf die Suche nach dem ihnen unbekannten Wegpunkt. In der Ferne bemerkten die Drei eine Gestalt. Je näher sie kamen, desto deutlicher erkannten sie, dass es sich um eine alte Regolusfrau handelte. Sie saß mit gekreuzten Beinen auf einem großen Stein, hatte Silber schimmerndes Haar, trug ein zerfetztes Gewand und schaute mit einem leeren Blick auf den Boden.

„Wartet hier, vielleicht kann sie uns weiterhelfen." sprach Shana und ging auf das greisenhafte Weib zu. Mali und Tara verfolgten die

Begegnung und blickten Shana erwartungsvoll an als sie zurückkehrte.

„Sie schien zu schwach um zu sprechen. Aber
ich denke, sie hat mich verstanden und deutete auf das kahle Wäldchen dort drüben." Als
sie das Wäldchen betreten hatten, dass nur
noch aus ausgestorbenen und vertrocknetem Gehölz bestand, wurde die Luft deutlich
schwerer und der unangenehme, schwefel-
haltige Geruch nahm zu. Es war Tara, deren heftiger Hustenanfall plötzlich die Stille
durchbrach. „Was ist los?", fragte Mali mit
besorgtem Blick, als er neben ihr stehen blieb.
„Ich ... weiß es nicht ...", antwortete Tara
zwischen tiefen Atemzügen, „meine Brust
brennt bei jedem Atemzug ... was ist das?"
Mali rieb sich die Augen und spürte ebenfalls
wie sich ein Kratzen in seinem Hals bemerk-
bar machte. "Ich merke auch etwas" stellte er
fest und räusperte sich, um das unangenehme Gefühl loszuwerden. „Die Luft in diesem
Wald scheint noch giftiger zu sein, wir sollten
uns beeilen und ..." Plötzlich unterbrach ein
Hustenanfall Shanas Worte und in ihren Ge-

danken stellte sie sich die Frage, ob die Greisin sie nicht alle in eine Falle gelockt hatte. Mali bemerkte wie Taras Zustand immer schwächer wurde und hievte sie ohne ein weiteres Wort auf seinen Rücken. Sie umklammerte mit letzter Kraft den Hals von Mali, doch ihr Griff war schwach und zittrig. Mit jedem Schritt, den sie machten, schien die giftige Luft sich tiefer in ihre Körper zu fressen, ein unsichtbarer Feind, der sie langsam aber sicher zu Boden zwang. Ihre Schritte wurden schwerer und jeder Atemzug schmerzte. „Wir müssen aus diesem Wald raus", röchelte Shana. Plötzlich hob Tara zitternd ihren Arm und deutete nach vorn. "Da ... hinten ... seht ihr das auch?" Ihre Stimme war kaum mehr als ein Hauch, doch ihre Augen fixierten ein schwaches, schimmerndes Licht, das wie eine Luftspiegelung durch den giftigen Nebel flimmerte. Kaum hatte Tara diese Worte ausgesprochen, wurde sie bewusstlos.

Fremde mit friedlichen Absichten

Die Ankunft von Tara, Shana und Mali auf dem Planeten Gna war ein Moment großer Erleichterung, aber auch großer Anspannung. Noch gezeichnet von den giftigen Schwefeldämpfen des Planeten Zandor durchschritten sie das schimmernde Nebeltor, das ihnen den Weg zu diesem neuen Ort geebnet hatte. Die Luft um sie herum war kühl und klar, ein willkommener Kontrast zu der drückenden Hitze und dem beißenden Gestank auf Zandor. Besonders erstaunt waren sie darüber, dass der dunkle Planet, wie er genannt wurde, doch sehr sonnig war. Es musste daher der Boden, bestehend aus schwarzen, grobem Gestein sein, der diesem Planeten seinen Namen gab. Doch ihre Schritte wurden von dem unheimlichen Gefühl begleitet, beobachtet zu werden.

„Wo wollt ihr hin?", erklang eine laute Stimme hinter den Dreien. Sie schauten sich um und plötzlich standen zwei Kaadukrieger, wie steinerne Säulen vor ihnen. Ihre Körper waren muskulös und von kunstvoll verzierten Rüstungen bedeckt, die in der Dämmerung schimmerten. Die Kaadu waren die Krieger der Duafacis mit einer unerschütterlichen Treue zu ihren Führern, den geheimnisvollen Wesen mit den zwei Gesichtern. Jede Bewegung der drei Reisenden wurde genau beobachtet, als erwarteten die Kaadu von den Ankömmlingen eine Art Prüfung. Shana, die Mutigste von ihnen, trat vor. „Wir wollen zu Ragmar, eurem Anführer." Tara und Mali traten an ihre Seite, denn sie wussten, dass die Kaadu legendäre Kämpfer waren, und die Geschichten über ihr gnadenloses Vorgehen gegen Eindringlinge hatten sie verunsichert. Nach einem langen Moment des Schweigens antwortete der größere der beiden Krieger „Wer die Schwelle unseres Volkes überschreitet, muss die Wahrheit in seinem Herzen tragen", sprach er mit sonorer Stimme. „Ragmar weiß bereits über eure Ankunft und wird darüber entscheiden, ob ihr willkommen seid." Tara, Shana und Mali standen nebeneinander und sahen zu, wie der Kaadukrieger in der Ferne verschwand und der Boden unter sei-

nen Füßen bei jedem seiner Schritte knirsch-
te. „Was meinst du, wird Ragmar uns empfangen?", flüsterte Tara und zupfte nervös
an Malis Mantel. Mali schüttelte den Kopf,
den Blick auf die Fußspuren gerichtet, die der
Kaadukrieger hinterlassen hatte. „Ich hoffe
es. Ich habe Geschichten über Ragmar gehört
- er ist der Priom, das geistige Oberhaupt der
Duafacis und wird von den zwei Gesichtern
begleitet, ein Zeichen seiner Macht und Weisheit."

Shana nickte zustimmend. Mehr war über die
einzigartigen Fähigkeiten der zwei Gesichter
in der Galaxie nicht bekannt.

*Jedes Gesicht hat dabei seine eigene Funktion
und seinen eigenen Ausdruck, wodurch sich die
Dynamik der Unterhaltung stark verändert.
Das sprechende Gesicht ist das, welches aktiv an
einer Unterhaltung teilnimmt. Es zeigt eine
Vielzahl von Emotionen: Freude, Aufregung,
Nachdenklichkeit oder sogar Traurigkeit. Die
Augen dieses Gesichts leuchten oft und bewegen
sich lebhaft, um die Worte zu unterstreichen.*

Die Lippen formen sich gekonnt, während sie die Gedanken ausdrücken, und die Augenbrauen heben oder senken sich, um zusätzliche Emotionen zu vermitteln. Das versteinerte Gesicht, im Gegensatz dazu, hat eine andere Rolle. Es zeigt keinerlei Mimik und seine Augen wirken leer. Seine Fähigkeit besteht darin, in den Geist seines Gegenübers einzudringen, um dessen wahres Ich zu erkennen und ob das Wesen mit ehrlichen Worten spricht. Darüber hinaus nimmt es ständig emotionale Botschaften seines Volkes, in Form von Bedrohungen, wahr und verschafft sich Klarheit, indem es durch die Augen des betroffenen Duafacis schaut. Diese zwei Gesichter in einer Unterhaltung schaffen eine einzigartige Wechselwirkung die bei Fremden oft ein ungewohntes und beängstigendes Gefühl hinterlässt.

Mali und Tara suchten sich einen schattigen Platz an einem großen Felsen, während Shana sich mit dem anderen Krieger der Kaadu unterhielt. Sie erfuhr unter anderem von den Regolus Eindringlingen, die sich auf Gna befanden und dass dies der Grund für Ragmar war den Wegpunkt bewachen zu lassen. Shana stellte sich wieder zu Mali und Tara, die immer noch mit einem leichten Husten zu kämpfen hatte.

„Ich glaube, wir sind gerade rechtzeitig hier, um Ragmar unseren Vorschlag zu unterbreiten, gemeinsam gegen Gor zu kämpfen" Mali nickte, als im selben Moment der Kaadukrieger in der Ferne erschien. Bei ihnen angekommen, erklärte er, dass Ragmar sie empfangen würde, doch sie müssten ihre Waffen ablegen. Es war ein unangenehmes Gefühl, aber sie wussten, dass es notwendig war. Besonders Mali fiel es schwer Bolgars Geschenk abzulegen. Sie folgten dem Kaadukrieger auf dem dunklen Untergrund, bis sie einen großen, offenen Platz, umrahmt von hohen, geschwungenen Steinen, die mit geheimnisvollen Zeichen bedeckt waren, erreichten. Dies war der sogenannte Platz des Rates, wie ihnen der Kaadukrieger erklärte. In der Mitte des Platzes thronte Ragmar, um ihn herum saßen sechs weitere Ratsmitglieder im Halbkreis auf Steinen. Alle blickten mit starren Gesichtern auf die Drei hinunter, was einen beängstigenden

Eindruck hinterließ. Mali, Shana und Tara kam es wie eine Ewigkeit vor und sie warteten verunsichert auf eine Reaktion, bis sich plötzlich das Gesicht von Ragmar entspannte und seinen Augen begannen lebendig zu strahlen.

„Ich verspüre eure Angst, doch ihr braucht keine zu haben. Ich sehe hier drei Wesen mit reinem Geist vor mir, dessen Herkunft ich nicht kenne. Was führt euch zu mir?"

„Ich bin eine Alys und meine Schwestern nennen mich Shana. Unsere Völker leiden unter der Macht und Unterdrückung der Regolus. Unsere lange Reise hier her ist verbunden mit der Hoffnung und Bitte, die Duafacis für einen Kampf gegen Gor als Verbündeten zu gewinnen." Während Shana sprach versteinerte sich Ragmars Gesicht erneut, bis sein Blick auf Tara fiel. Doch diese stand sprachlos da. „Du brauchst dich nicht zu fürchten, nenne mir einfach deinen Namen und den deines Volkes." Tara antwortete fast flüsternd „Mein Name ist Tara und ich bin eine Mani" wobei sich ihr Gesicht leicht errötete. Zuletzt fiel Ragmars Blick auf Mali. „Man gab mir den Namen Mali, ich komme aus der Galaxie Revanon vom Planeten Zephyria und mein stolzes Volk nennt sich Zyralaner."

„Von euren Völkern habe ich gehört, ihr seid Teil des Bündnisses der Drei Planeten, doch dein Volk ist mir unbekannt Mali. Shana, euer Volk hat viel Leid erfahren und viele Verluste erlitten. Auch wir haben Bekanntschaft mit den Regolus gemacht, aber es ist uns gelungen, sie zu vertreiben. Zwei Regolus befinden sich noch auf Gna, aber die Gefahr scheint vorüber. Zumindest nehmen der Rat und ich keine Bedrohung unseres Volkes mehr wahr. Daher stellt sich mir die Frage, warum sollte mein Volk sich der Gefahr aussetzen und mit euch in den Krieg ziehen?" Da trat Mali vor, seine Stimme fest und entschlossen. „Ragmar, die Regolus sind nicht nur eine Bedrohung für diese Galaxie, ihre Schatten können auch auf andere Welten fallen - auch auf meinen Planeten. Dieser Kampf verbindet uns alle. Wenn es jetzt um Navar geht, könnte es schon bald um Zephyria und auch Gna gehen. Wenn wir uns nicht zusammentun, gibt es vielleicht kein Zurück mehr." Ragmars Gesicht wirkte nachdenklich bevor es, und auch die Gesichter des Rates wieder versteinerten und eine beklemmende Stille eintrat. Diesmal dauerte es sehr lange. Tara, Mali und Shana schauten sich an und je länger sie warteten, umso mehr schwand die Hoffnung auf eine Allianz. Doch die Gesichter blieben versteinert, als die Drei beschlossen zu gehen und sich umdrehten, erklang Ragmars Stimme „Beweist eure Entschlossenheit und Stärke, indem ihr mir ein vereintes und kampfbereites Heer vorzeigt. Dann werde ich dafür sorgen, dass die Kaadu an eurer Seite gegen die Regolus kämpfen, um sie zu vernichten."

„Wir werden dich nicht enttäuschen", antwortete Shana. Gerade als sich die Drei auf den Rückweg machen wollten rief Ragmar Shana zu sich.

„Tochter der Alys. Ich fühle, dass du dich oft fragst, wohin deine Schwestern geflohen sind. Komm näher, dann sage ich dir wo du sie finden kannst."

Der Weg zur Entschlossenheit

Salvaato, Hora und Dion erreichten den Planeten Arkeon kurz vor Einbruch der Dunkelheit, die wie eine drohende Wolke über ihrem Vorhaben schwebte. Ihr Ziel war es, die Hokiri von ihrem kühnen Plan zu überzeugen, doch als der Astar unter dem blutroten Himmel landete, fühlten sie das Gewicht der Angst und der Zweifel. Die gefürchteten Regolus, mächtige Kreaturen, die den Frieden mit eiserner Faust unterdrückten, waren zu jeder Zeit nur wenige Schritte entfernt. Am vereinbarten Treffpunkt wartete eine besorgte Gruppe von Bauern. Unter ihnen befand sich auch Ivander, der sich bereits vor zwei Helligkeiten auf den Weg nach Arkeon gemacht hatte, um die Nachricht ihrer Ankunft zu verbreiten. Doch anstatt jubelnder Gesichter sahen sie nur die verzweifelten Mienen der Hokiri und die schleichende Furcht vor dem, was da kommen könnte. „Willkommen, Freunde des Bündnisses." sprach Tarinor, der Anführer der Bauern, seine Stimme verriet die Bedenken, die auch die Herzen seiner

Leute quälten. „Eure Ankunft erfüllt uns mit Hoffnung, doch wir sind nur einfache Bauern. Ivander hat uns bereits in euer Vorhaben eingeweiht. Könnt ihr uns das Versprechen geben, uns aus der Dunkelheit zu befreien und den Kampf gegen die Regolus zu gewinnen?" Hora bemerkte die angespannte Stimmung unter den Bauern. „Wir danken euch das ihr einem Treffen mit uns zugestimmt habt und die Gefahr eingeht in Gefangenschaft zu geraten. Doch der Punkt ist, ohne Veränderung wird die Dunkelheit nur noch erdrückender. Salvaato und sein Freund Mali, beides erfahrene Krieger, können euch in ihrer Kampfkunst unterrichten, aber es erfordert viel Mut, den ihr benötigt – Mut, den ihr vielleicht selbst noch nicht in euch erkannt habt. Die Frage ist, seid ihr dazu bereit?" Die Hokiri lauschten zwar den Worten von Hora, standen jedoch weiterhin mit gesenkten Köpfen vor ihnen. Einige von ihnen schauten sich sogar ängstlich um, ständig mit dem Gefühl im Nacken, das jederzeit eine Patrouille der Regolus auftauchen könnte. Tarinor schloss die Augen „Wir Hokiri haben lange unter der Knechtschaft der Regolus gelitten. Der Schmerz zeigt uns, dass wir kämpfen sollten, aber die Angst, noch mehr zu verlieren, nagt an unserem Inneren. Ich weiß nicht, ob wir den Mut in uns tragen." Salvaato schob Hora sanft zur Seite und stellte sich vor die Hokiri „Ihr werdet zwar nicht die gewieften Krieger sein, die ihr euch wünscht, aber ihr habt etwas im Herzen, was unser gemeinsamer Feind nicht hat – die Entschlossenheit zur Veränderung! Und diese kann oft die stärkste Waffe sein!" Salvaatos Worte lösten in der Gruppe der Bauern ein leises Tuscheln aus, bis Tarinor sich aus der Runde löste und auf Shana, Salvaato und Dion zuging „Gebt mir etwas Zeit, um mein Volk von eurem Plan zu überzeugen. Wir könnten ein erstes Zeichen setzen." Kaum hatte Tarinor seine Worte ausgesprochen, tauchten drei Reguluskrieger aus der Dunkelheit auf. „Gor zum Gruße! Ihr wisst, dass Versammlungen dieser Art verboten sind und bestraft werden! Und was haben eine Alys und ein Mani hier zu suchen?" Die Hände der Reguluskrieger umklammerten jetzt fest die hölzernen Griffe ihrer Schwerter.

Ihre Gesichter waren finster und ihre Augen beobachteten jede regungslose Gestalt vor ihnen. Den Bauern war klar, dass jetzt jede falsche Bewegung ihren Tod bedeuten könnte. Hora, die seit ihrer Gefangenschaft ihre Flügel nicht mehr benutzt hatte, stieg plötzlich hoch empor und holt blitzschnell ihren Bogen hervor. Ihre Hand umfasst den geschmeidigen Holzgriff, während sie einen Pfeil aus dem Köcher zog. Mit einem präzisen Zielen setzte sie an und löste ihre Finger von der Sehne. Der kleine Pfeil katapultierte sich lautlos durch die Luft und traf einen der Reguluskrieger direkt zwischen die Augen. Als der Regolus tödlich getroffen nach hinten fiel, erstarrten die anderen beiden Krieger. Diesen Moment nutze Salvaato und stürzte sich auf einen der Regolus. Mit einem kräftigen Hieb schleuderte er seinen Hammer seitlich an den Kopf des Regolus und zerschmetterte seinen Schädel. Nun auch stürzten sich die Hokiri, von einer unbändigen Wut beseelt, mit erhobenen Fäusten auf den verbliebenen Reguluskrieger. Auch Dion, der in seinem Leben noch nie gekämpft hatte, stürzte gemeinsam mit den Bauern auf den Regolus zu. Sein Kampfschrei ging in der Menge unter. Die Auseinandersetzung war schnell und brutal. Nach wenigen Augenblicken war das Blutvergießen beendet. Nachdem die Hokiri von dem Regolus abgelassen hatten, fiel Horas Blick direkt auf Dion, der leblos am Boden lag. „Dion!", rief sie und rannte auf ihn zu. Ihre Hände schlossen sich um seinen Körper, und sie fühlte, wie eine überwältigende Welle des Schmerzes über sie hereinbrach. Salvaato, der die Szene mit Schrecken beobachtete, kniete sich zu Hora nieder und ergriff Dions Hand.

Fortsetzung folgt

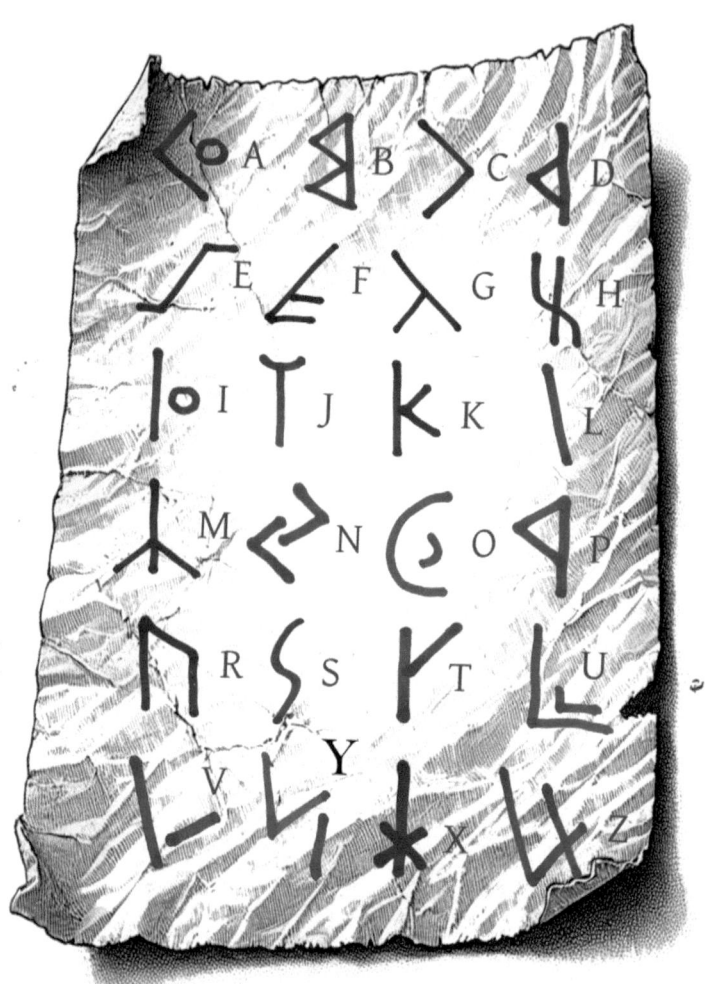

Autoren-Vita

Kai, 1990 in Bremen geboren, ist ein vielver-
sprechender junger Autor, der mit seinem
ersten Roman «ALYS - Ein erstes Zeichen»
auf sich aufmerksam machte. Sein Geburts-
jahr deutet darauf hin, dass er in einer Zeit
aufgewachsen ist, in der die Fantasy-Literatur
seinen Schreibstil beeinflusst haben könnte.
Kais Jugend und sein frischer Blick könnten dem Fantasy-Genre neue Impulse geben.

Dieter, 1950 ebenfalls in Bremen geboren wurde, bringt bereits einige Erfahrung
als Autor mit. Seine drei veröffentlichten
Kurzgeschichten zeugen von seinem Ta-
lent. Seine Bereitschaft, mit einem jün-
geren Autor zusammenzuarbeiten, zeigt
seine Offenheit für neue Ideen und seine
Fähigkeit, sich kreativ herauszufordern.

Ihr erstes gemeinsames Werk **«ALYS Ein
erstes Zeichen»** ist im Fantasy-Genre an-
gesiedelt und verspricht eine spannende

Geschichte über Rebellion und Abenteuer. Die Autoren planen mindestens einen zweiten Teil und freuen sich darauf, ihre kreativen Ideen weiterzuentwickeln. Die Zusammenarbeit von Kai und Dieter verspricht eine interessante Mischung aus jugendlichem Enthusiasmus und erfahrener Weisheit, die Fans des Fantasy-Genres begeistern könnte. Man darf gespannt sein, welche faszinierenden Welten sie in ihren nächsten Werken erschaffen werden.

Foto: Sabine Allers